Un psy, pour quoi faire ?

Dans la série Librio Santé

Tabac – Arnaques, dangers et désintoxication, Librio n° 633.
Toxiques alimentaires – Préface de José Bové, Librio n° 663.
Sites pollués en France – Enquête sur un scandale sanitaire, Librio n° 662.
Handicaps – Mieux vivre au quotidien : recours, aides, solutions, Librio n° 677.

Vanessa Saab

Avec Philippe Carlier, Éric Tognoni,
Bernard Vandermersch, Gérard Vignaux

Un psy, pour quoi faire ?

Guide des thérapies, de la psychanalyse à la sophrologie

Librio

Inédit

Librio Santé est une collection dirigée par Roger Lenglet

Sommaire

INTRODUCTION

À en juger par la quantité d'antidépresseurs, de tranquillisants et de neuroleptiques vendus chaque année, les personnes qui souffrent de problèmes psychiques semblent plus nombreuses que jamais. Plus de cinq millions de Français en consomment quotidiennement. Si les médecins en prescrivent parfois trop facilement, c'est un palliatif dangereux quand il prend la place d'un véritable traitement. Restent les psychothérapies. Mais leur diversité effraie...

Depuis quelques décennies, les nouvelles thérapies se sont multipliées. On peut désormais en recenser des centaines. Que cache cette variété ? Traduit-elle l'inefficacité des méthodes ou une réelle fécondité ? Comment s'y reconnaître entre psychothérapie analytique, comportementale et cognitive, sophrologie, psychanalyse freudienne, lacanienne ou jungienne ? Le marché de la santé psychique est devenu trop complexe pour s'y retrouver sans aide. Ce livre fait le point sur cette situation controversée, montre pourquoi on en est arrivé à une telle floraison de pratiques et comment on peut en tirer parti.

Les chapitres qui suivent reconstituent le puzzle de l'univers psy et répondent aux questions que chacun se pose : vers quel type de psychanalyse ou de psychothérapie se tourner selon ses besoins ? Que peut-on attendre de chacune d'elles ? Quels sont leurs avantages et leurs limites ? Ces méthodes sont-elles complémentaires ou contradictoires ? Quel est leur prix et comment les séances se passent-elles ?

La fiabilité de certains psychothérapeutes est elle-même une source d'inquiétude et lève des interrogations légitimes... À qui se fier ? Sur quels critères distinguer les plus sérieux ? Jusqu'où peut-on faire confiance à un psy ? Quels sont les risques et les pièges ?

Dans un style accessible à tous, ce guide fait le point sur ce que l'on peut attendre aujourd'hui des différentes psychothérapies. Avec l'aide de quatre praticiens réputés, il permettra au lecteur de différencier clairement les grandes tendances de la psy et de comprendre leurs principaux concepts. À tout le moins, de choisir avec plus de conscience...

Note :
Les mots et expressions suivis d'un astérisque renvoient au glossaire en fin d'ouvrage.
Les termes en caractères gras renvoient aux différentes thérapies détaillées dans les chapitres II et III.

I

Découvrir et s'orienter

Hypnose, thérapie analytique, sophrologie, psychanalyse, thérapie familiale ou **comportementale et cognitive**... Les thérapies foisonnent, longues ou brèves, sérieuses ou farfelues, innovantes ou ultraclassiques. L'esprit humain est si riche et si complexe que, pour le soigner, les méthodes prolifèrent. Le secteur est d'ailleurs lucratif et suscite la convoitise de toutes sortes de personnages prêts à bricoler n'importe quelle thérapie pour se faire une place au soleil. Comment s'y retrouver ? Il existe de grands courants théoriques permettant de voir plus clair dans le paysage des thérapies. Retracer les grandes évolutions qui ont abouti aux différentes méthodes reste le meilleur moyen de s'y retrouver et de choisir la thérapie qui convient aux besoins et à la personnalité de chacun.

De la psychiatrie aux psychothérapies

À l'aube du XIXe siècle, celui qui soigne les maux de l'âme, c'est le psychiatre. Pour cela, il traite le corps. La « folie », affirme-t-on alors, trouve son origine dans des dysfonctionnements du cerveau. On évoque des problèmes d'« irrigation cérébrale » ou de « mauvaise conformation ». D'aucuns prétendent même que certains cerveaux sont trop légers, ceux des femmes en particulier. Et l'on met au point des méthodes radicales pour corriger le comportement du « fou ». Les chirurgiens inventent des gestes pour introduire élégamment le scalpel dans la masse d'un cerveau dont ils ignorent presque tout. Les psychiatres utilisent des appareils pour envoyer des décharges électriques aux aliénés, persuadés de « rééquilibrer » ainsi le fonctionnement du système nerveux... **L'électrochoc** sera abondamment utilisé dans tous les hôpitaux psychiatriques. Et les interventions chirurgicales sur le cerveau, les lobotomies, se multiplieront[1].

À l'époque, rares sont ceux qui s'intéressent aux origines affectives ou psychologiques des troubles mentaux, et nul ne songe encore aux facteurs sociaux et culturels capables de fragiliser l'équilibre psychique. Pourtant, avec le progrès des connaissances, la notion de « maladie mentale » va progressivement remplacer celle de « folie » et ouvrir un nouvel espoir : guérir. Une question capitale se dessine alors : quels sont les troubles qui relèvent d'un désordre purement psychique et ceux qui s'enracinent vraiment dans le cerveau ? La conception de la « folie » se complique en effet avec l'émergence, en 1895, de la théorie psychanalytique qui place l'origine des maux dans les couches profondes de l'esprit et dans les mésaventures du désir sexuel... Cette théorie conçue par un certain Sigmund Freud[2], psychiatre et neurologue, divise la communauté scientifique. On rejette de manière virulente ces théories surprenantes fondées d'abord sur les réponses de patients placés sous **hypnose**. On se gausse de ce jeune Viennois qui, non content de vouloir agir sur les maux de l'esprit avec les ressources de la parole, affirme que le désir sexuel et les interdits orientent nos pensées à notre insu et structurent notre personnalité dès l'enfance. Pour de nombreux médecins psychiatres, l'esprit dépend de la matière et non l'inverse. À leurs yeux, c'est donc dans la matière cérébrale qu'il faut trouver les causes du mal. Certes, un courant de la psychiatrie lancé par Philippe Pinel[3] au début du XIXe siècle préconise une conversation quotidienne avec les « fous », mais c'est essentiellement pour leur « faire la morale » et les intimider.

L'idée freudienne de soigner le patient en s'adressant aux régions obscures de son esprit (l'inconscient) est tout sim-

1. En fait, la pratique de la lobotomie sera utilisée massivement en psychiatrie jusque dans les années 1970.
2. S. Freud (1856-1939), le père de la psychanalyse.
3. P. Pinel (1745-1826), médecin aliéniste.

plement révolutionnaire. Mais Freud va plus loin encore : il montre que certaines maladies affectant les organes du corps peuvent aussi être soignées en dénouant des conflits psychiques. Il redécouvre des auteurs oubliés depuis l'antiquité grecque, tel Empédocle au VIe avant notre ère, qui affirmait que l'amour et l'activité sexuelle pouvaient résoudre des troubles physiques et mentaux graves. Le père de la psychanalyse voit d'ailleurs dans la mythologie grecque une véritable mise en scène des forces de l'inconscient. Son opiniâtreté et la puissance de ses ouvrages finiront par assurer le succès de ses théories. Malgré les résistances de la communauté scientifique, certains psychiatres sont enthousiastes. Une opposition émerge alors entre thérapeutes qui se disputent le même objet mais avec une conception et des méthodes radicalement différentes. D'une richesse exploratoire étonnante, la psychanalyse présente aussi le mérite de mobiliser le patient lui-même comme facteur clé du traitement. De plus en plus de psychiatres lui accorderont une place dans leur pratique, reconnaissant qu'elle parvient à des résultats que leur science peinait à obtenir.

La psychanalyse a construit une conception dynamique de la vie mentale qui influencera une partie importante de la communauté psychiatrique, laquelle reconnaîtra la possibilité de traiter certains maux de l'âme en agissant au niveau de la parole et des motivations inconscientes. Freud aura de nombreux héritiers qui s'emploieront à compléter ses théories ou à en modifier certains aspects pour les adapter aux besoins des différents publics (les enfants, les ressortissants étrangers...). Donald Winnicott [1], par exemple, concevra une thérapie basée sur les vertus du jeu dans le développement de la personnalité. Anna Freud [2], Mélanie Klein [3] et Françoise Dolto [4], parmi d'autres, approfondiront et adapteront la psychanalyse pour comprendre et soigner les enfants. Formidablement féconde, l'œuvre de Freud aura un impact sans égal auprès d'innombrables auteurs :

---

1. D. Winnicott (1886-1971), pédiatre et psychanalyste anglais.
2. A. Freud (1895-1982), fille de Sigmund Freud, poursuivra l'œuvre de son père.
3. M. Klein (1882-1960), psychanalyste britannique.
4. F. Dolto (1908-1988), pédiatre et psychanalyste française.

écrivains, philosophes, historiens de l'art, sociologues en feront un instrument de travail pour mieux comprendre le monde des hommes et leurs propres motivations. En France, les surréalistes y trouveront les premiers une source d'inspiration fascinante.

La psychanalyse ne pouvait avoir un tel écho et attirer autant d'esprits créatifs sans en payer le prix. La « rançon de la gloire », Freud l'a vu très tôt, fut d'engendrer des théories aussi pertinentes que concurrentes et des écoles dissidentes. Carl Gustav Jung [1], en qui Freud avait reconnu son disciple le plus brillant, sera celui qui innovera le plus en créant une psychanalyse reposant sur l'idée d'un « **inconscient collectif*** » obéissant à des symboles qui ne doivent pas grand-chose à la sexualité. D'autres grands psychanalystes resteront fidèles au freudisme tout en le faisant évoluer au contact des sciences humaines (ethnologie, sociologie, mythologie comparée...). Jacques Lacan [2] contribuera au succès de l'héritage freudien en lui apportant des développements saisissants, notamment à la lumière de la linguistique.

La durée de la cure psychanalytique a soulevé de nombreuses questions dès son apparition. En 1913, Freud entrevoyait déjà la nécessité de raccourcir la cure : « le désir d'abréger le traitement analytique se justifie parfaitement et nous allons examiner les divers moyens proposés pour arriver à ce but », écrivait-il. C'est notamment de ce souhait qu'ont émergé de nombreuses thérapies. Certaines sont apparues au sein du courant psychanalytique et en portent clairement l'empreinte (**psychothérapies dites analytiques**...), d'autres au contraire ont été forgées sur la base d'autres apports empruntant plus ou moins à la démarche expérimentale et aux techniques de conditionnement. Les psychothérapies comportementales sont ainsi apparues dans les années 1960 aux États-Unis, puis en France au cours des années 1970, pour les patients désirant se débarrasser rapidement d'un **symptôme*** précis.

1. C.G. Jung (1875-1961), psychiatre et psychanalyste suisse.
2. J. Lacan (1901-1981), psychiatre et psychanalyste français.

La prolifération des méthodes

Ce sont les « grosses branches » de ces diverses tendances qui ont donné naissance aux ramifications psychothérapeutiques actuelles, à ceci près que ces dernières ont elles-mêmes bourgeonné et continuent d'engendrer de nouveaux fruits. Que penser d'une telle abondance de méthodes ? Certains craignent qu'elle ne reflète un manque de fiabilité. Mais, avec plus de sérénité, on peut y voir la traduction historique d'une situation de concurrence féconde entre professionnels. Cette diversité traduit peut-être aussi la jeunesse d'un domaine. C'est l'avis du chercheur américain en psychologie Sol Garfield : « Les nouvelles thérapies apparaissent avec un maximum de vigueur et un minimum de rigueur. » Pour lui, la prolifération des techniques est moins un signe de créativité que le révélateur d'une certaine immaturité de la démarche scientifique dans ce secteur. Louis Georges Castonguay, chercheur canadien en psychologie, y voit aussi une situation due à la complexité du domaine et à l'impossibilité pour une seule approche de résoudre toutes les difficultés psychologiques. Ajoutons que cette situation théorique, à la fois prolixe et conflictuelle, est comparable à celle qui règne même au cœur d'une « science exacte » comme la physique, où les théories, malgré l'indéniable succès de leurs applications, sont souvent contradictoires et s'emploient en fonction des besoins, en attendant de trouver des concepts capables de les unifier. Certains auteurs tentent de rapprocher les tendances, d'en combiner plusieurs et de concilier les approches. Cet éclectisme se retrouve aussi au niveau des pratiques professionnelles, en particulier aux États-Unis. On voit aussi un nombre grandissant de thérapeutes soucieux de choisir les méthodes les plus efficaces en fonction des troubles. Cette question est aujourd'hui au cœur du débat qui, en France, agite le milieu des psychothérapeutes.

Mais il faut bien reconnaître qu'ils ont l'embarras du choix. Une étude américaine publiée par l'Institut national de la santé des États-Unis, en 1986, dénombrait 450 psychothérapies différentes[1]. Ce chiffre aurait triplé depuis,

1. *American Journal of psychotherapy*, « The psychotherapies benefits and limitations », 40, 324-342.

selon les auteurs du rapport dans une publication plus récente ! Selon la Fédération française de psychothérapie, 12 % seulement des personnes désirant faire une thérapie se tournent vers la psychanalyse, faisant ainsi vivre 5 000 psychanalystes, dont un cinquième seraient membres de la Société internationale de psychanalyse, les autres se répartissant entre une vingtaine d'écoles souvent rivales : les écoles freudiennes, lacaniennes, jungiennes...

Du côté des psychothérapies, on distingue les **psychothérapies analytiques** qui sont fortement influencées par la psychanalyse. Comme cette dernière, elles sont basées sur les concepts psychanalytiques et recherchent les causes inconscientes des difficultés. Le cadre de l'analyse est souple, proche de celui d'une thérapie standard : le thérapeute intervient plus activement qu'en psychanalyse et la séance se fait en face-à-face. Les thérapies analytiques attirent presque autant de personnes que la psychanalyse.

Aux antipodes du courant psychanalytique, les **thérapies comportementales et cognitives** partent du principe que les difficultés proviennent de pensées et de comportements inadaptés auxquels le patient est habitué. Elles visent à un déconditionnement progressif de ces habitudes en agissant directement sur ces pensées et comportements par des exercices simples de reconditionnement. Les personnes qui s'y essaient sont de plus en plus nombreuses car cette thérapie est très médiatisée. Selon la Fédération française de psychothérapie, ce courant pourrait représenter 10 à 15 % des patients.

À la différence des thérapies comportementales, les **thérapies d'orientation humaniste** n'imposent pas de processus de déconditionnement standard mais se fondent sur la capacité de la personne à puiser en elle-même les ressources nécessaires à son bien-être. Le but déclaré est de permettre au patient de prendre sa vie en main, de développer ses potentialités, de faire des choix personnels. La **programmation neurolinguistique**, la **gestalt-thérapie** et l'**approche autocentrée** de Carl Rogers [1], parmi d'autres, s'y

1. C. Rogers (1902-1987), auteur de travaux psychopédagogiques et de recherches sur la thérapeutique de la schizophrénie.

rattachent (voir la présentation détaillée de ces différentes thérapies au chapitre III).

Les **thérapies corporelles** sollicitent le corps pour agir sur l'esprit. Issues des travaux de Wilhelm Reich [1] dissident de Freud, elles font appel à l'« énergie corporelle » comme agent thérapeutique et décryptent le langage du corps et ses interactions avec les difficultés psychiques. **Bioénergie**, **cri primal** et **sophrologie** en sont issus (voir chapitre III).

Attention aux pièges

Certains « thérapeutes » promettent monts et merveilles. Des sites Internet regorgent de recettes miracles pour évacuer les difficultés, bonheur en poudre de perlimpinpin et guérison en une consultation. Les promesses exubérantes sont un indice de tromperie. Ne vous laissez pas prendre : faire une thérapie, c'est avant tout apprendre à vivre avec ses fragilités et trouver les ressources intérieures pour dépasser les difficultés. Il n'y a pas de recette miracle, de technique qui efface toute douleur, de méthode qui assure la réussite personnelle ou professionnelle. Il n'y a que des thérapies qui permettent de vivre mieux, qui aident à affronter les difficultés et à avancer plus sereinement.

Il convient de se méfier en particulier des sectes religieuses qui appâtent leurs proies avec des « psychothérapies ». L'église de scientologie, par exemple, capte régulièrement de nouveaux adeptes en proposant au public des « cours de dianétique », une méthode censée améliorer les capacités de l'esprit et résoudre les souffrances psychiques. Plusieurs fois condamnée devant les tribunaux, cette organisation crie volontiers à la persécution, mais n'hésite pas à harceler ceux qui conservent assez de sens critique pour la quitter ou la dénoncer. Usant de stratégies particulièrement insidieuses et de procédés de conditionnements très discutables, l'église de scientologie multiplie aussi ses adeptes en se présentant comme une méthode de soutien aux toxicomanes qui désirent « décrocher », en proposant des « formations au métier d'acteur », etc.

---

1. W. Reich (1887-1957), médecin et psychanalyste autrichien.

Un autre signe doit éveiller la méfiance : le zèle avec lequel les représentants d'une méthode s'efforcent d'enrégimenter de nouveaux adeptes. Le prosélytisme auquel ils se livrent est souvent suspect. Il est utile de vérifier les qualifications du thérapeute et son appartenance à une association sérieuse. Le premier élément est le gage de ses compétences et le deuxième permet d'avoir un recours en cas de difficultés. Que l'on choisisse une psychanalyse ou une psychothérapie, il existe des organismes de confiance auxquels on peut s'adresser pour trouver un thérapeute compétent près de son domicile (voir la liste des adresses utiles en annexe). Il convient de se méfier des thérapeutes qui expédient leur patient, ne l'écoutent pas vraiment ou le culpabilisent dès le premier entretien. En outre, ressortir du cabinet d'un psychiatre à qui l'on n'a rien dit avec une prescription médicamenteuse n'annonce rien de bon. Le premier entretien est déterminant, on doit se sentir bien avec le thérapeute. S'il pose des questions pour essayer de cerner le problème de son patient, ce dernier peut faire de même pour mieux comprendre comment va se dérouler la thérapie et voir si sa manière de répondre lui convient.

Compte tenu du phénomène de **transfert*** qui conduit le patient à passer par des périodes de grand attachement envers son thérapeute, il est plus difficile de le mettre en garde contre la dépendance qu'il peut éprouver vis-à-vis du thérapeute au fil des séances. Mais il est important de savoir que le rapport avec le thérapeute ne doit en aucun cas déboucher sur une relation fusionnelle ou susceptible de vider le compte en banque de son client. La psychothérapie n'a pas pour but de capter les ressources et le cœur des patients mais de les rendre plus indépendants et, le traitement achevé, de leur permettre de vivre sans le thérapeute.

Les psys et leur formation

Comment s'y retrouver dans la nébuleuse psy, qui compte environ 13 000 médecins-psychiatres, 35 000 psychologues, 5 000 psychanalystes membres d'une société reconnue et 12 000 psychothérapeutes de formation variable et souvent vague ? Quelles sont les différences fondamentales entre chacun d'eux ?

Le **psychiatre** est un médecin spécialisé en psychiatrie. Il est donc le seul thérapeute à pouvoir prescrire des médicaments à ses patients. Par ailleurs, ses consultations sont remboursées par la sécurité sociale. Pour ces deux raisons, les cabinets de psychiatrie affichent souvent complet.

Le **psychanalyste** peut avoir une formation de psychiatre ou de psychologue mais peut également venir d'un tout autre secteur. Pour être psychanalyste, il faut avoir fait soi-même une psychanalyse et avoir été reconnu apte à exercer par une école psychanalytique. Pour cela, une formation qui dure entre sept et dix ans est nécessaire. Elle est faite d'enseignements théoriques dans les écoles et de stages en hôpitaux psychiatriques.

Le **psychologue** a fait au moins cinq années d'étude en psychologie et obtenu un diplôme d'État de troisième cycle, soit au moins un DESS spécialisé. Ce cursus inclut l'étude théorique de la psychologie, des travaux de recherche et des stages sur le terrain effectués sous la supervision d'autres psychologues. Le psychologue n'est pas obligé d'avoir suivi une psychanalyse pour s'installer, qu'il exerce dans le cadre d'une institution ou en secteur libéral.

Le **psychothérapeute** peut être psychologue comme psychiatre. Il a également appris son métier en faisant un travail sur lui-même et en suivant une formation dans une école (école parfois autoproclamée et non reconnue par l'État). Des psychologues, des psychiatres, des psychanalystes peuvent se déclarer psychothérapeutes afin de préciser qu'ils pratiquent la psychothérapie. Encore faut-il savoir laquelle. D'autres psychothérapeutes ne se donnent ce titre qu'après une formation plus que succincte et parfois même fantaisiste.

On peut donc juger préférable de vérifier la formation d'un psychothérapeute avant de se lancer dans une thérapie avec lui. Les thérapeutes affichent souvent leurs diplômes. Si ses qualifications ne sont pas en vue, n'hésitez pas à lui demander quelle est sa formation de base et dans quel cadre elle a eu lieu. Cette question ne doit en aucun cas le gêner si son parcours est sérieux. Elle est plus que légitime sur ce marché où voisinent le meilleur comme le moins bon. Vous pourrez ensuite vérifier le sérieux de sa formation en passant par les préfectures ou les associations nationales (voir adresses utiles en annexe).

Le législateur a tenté de mettre bon ordre dans ces professions, en 2003, par l'amendement Accoyer. Jusqu'alors il suffisait d'avoir un tournevis pour fixer sa plaque au mur et exercer. Ce texte change la donne et réglemente les conditions de l'exercice de la profession de psychothérapeute. Il prévoit que désormais seuls peuvent exercer au titre de psychothérapeute « les titulaires d'un diplôme de docteur en médecine, les psychologues titulaires d'un diplôme d'État, et les psychanalystes régulièrement enregistrés dans les annuaires de leurs associations ». Exit tous les autres, ce qui explique le tollé déclenché par ce texte qui évince de nombreux thérapeutes.

Le texte est affiné et confirmé par l'article 52 de la loi du 9 août 2004. Il précise que « l'usage du titre de psychothérapeute est réservé aux professionnels inscrits au registre national des psychothérapeutes. L'inscription est enregistrée sur une liste dressée par le représentant de l'État dans le département de leur résidence professionnelle. Elle est tenue à jour, mise à la disposition du public et publiée régulièrement. Cette liste mentionne les formations suivies par le professionnel ». L'inscription sur cette liste est systématique pour les titulaires d'un diplôme de médecine, de psychologie et les psychanalystes régulièrement enregistrés dans les annuaires de leurs associations.

II

Entrer en psychanalyse

Il n'est pas si facile d'entrer en psychanalyse, même quand on pense qu'elle pourrait répondre à ses besoins. Certains caressent ce projet tout en multipliant les arguments pour repousser à plus tard leur démarche. Les psychanalystes y voient un phénomène de « **résistance*** », par peur d'avoir à confronter des aspects enfouis de sa personnalité. Il est normal d'hésiter devant cette perspective. Le coût financier d'une psychanalyse, sa durée et la crainte des épreuves psychologiques à traverser sont souvent évoqués par ceux qui ne parviennent pas à franchir le pas. La question de la motivation et du besoin est donc déterminante.

Les étudiants qui entrent en psychanalyse pour devenir psychanalystes trouvent dans cet objectif professionnel une bonne raison de la poursuivre jusqu'au bout. Mais, pour tous les autres, la durée de cette thérapie peut apparaître comme une raison de l'éviter. Et si une cure psychanalytique procure de grandes joies, le chemin est parfois escarpé et pénible. La démarche dictée par la seule curiosité, le simple désir de se connaître ou la recommandation d'un proche est souvent insuffisante pour tenir jusqu'à la fin. Les psychanalystes évoquent volontiers le fait que c'est la souffrance persistante de l'analysant qui, dans les moments de lassitude ou de découragement, le fait revenir à ses séances.

Néanmoins, même inachevée, une psychanalyse n'est pas forcément perdue car le patient a commencé un travail enrichissant sur lui-même. Et rien ne l'empêche d'y retourner le jour où il en éprouvera le besoin, sachant que le temps se charge hélas souvent d'aggraver les troubles.

Bien identifier ses besoins et les réponses thérapeutiques

Grâce à des centaines d'évaluation menées à travers le monde, on commence aujourd'hui à avoir une vision plus claire de la vertu des différentes thérapies et des troubles qu'elles peuvent traiter de façon efficace.

La psychanalyse s'adresse aux personnes qui veulent dénouer en profondeur les conflits dont elles souffrent en prenant conscience des mécanismes inconscients qui conditionnent leurs réactions. C'est la voie royale pour en savoir plus sur soi-même. Ceux qui ont besoin de comprendre pour changer ou avancer doivent se tourner vers cette thérapie. Ce travail en profondeur permet de remonter loin dans l'enfance, à l'origine des maux qui nous hantent, et de résoudre les conflits intérieurs qui en découlent. La psychanalyse peut ainsi aider à sortir de situations pénibles. La connaissance de soi qu'on en tire est par ailleurs une source de connaissance des autres qui améliore les rapports à autrui. Le grand avantage de la psychanalyse est de proposer d'agir sur les causes des troubles et ainsi d'éviter la réapparition des **symptômes*** sous d'autres formes. Par sa qualité d'écoute et le temps consacré à la cure, la psychanalyse permet de s'attaquer à des souffrances psychiques extrêmement variées qui ne s'expriment pas forcément à travers des symptômes repérables. En ce sens, elle concerne aussi les gens sans problèmes apparents, mais qui ressentent une souffrance qu'ils ne comprennent pas ou qui ont le sentiment de toujours répéter les mêmes erreurs, ou encore de vivre des échecs relationnels multiples. Elle peut également se révéler utile pour les personnes souffrant d'instabilité affective, ne parvenant pas à trouver la bonne distance à autrui (chez les personnes qui passent sans cesse de périodes d'attachement fusionnel à des périodes de rejet total de l'autre) ou de la crainte de ne pas être aimé (mais le plus souvent, ces troubles ne se révèlent à la conscience que dans le cadre des séances). Une psychanalyse dure en moyenne cinq à dix ans.

Comment se déroulent les séances ?

Le cadre de la cure psychanalytique est décrit par Freud dans ses *Études sur l'hystérie* publiées en 1895. Il comporte un dispositif matériel et un certain nombre de règles fondamentales. Après quelques séances d'entretien en face-à-face, le patient doit être allongé sur un divan. L'analyste se place alors derrière lui afin que l'analysant ne puisse pas le voir. Cette position favorise la détente et évite à l'analyste d'avoir à contrôler ses réactions, ce qui lui permet d'écouter, d'observer et d'interpréter plus efficacement.

La fréquence des consultations a également de l'importance. À l'origine, les psychanalystes prescrivaient six séances par semaine d'une durée de 45 à 55 minutes. Aujourd'hui, une psychanalyse se limite généralement à deux ou trois séances hebdomadaires, avec un minimum d'une séance par semaine. Autre aspect matériel, le paiement des honoraires... Freud recommande de parler d'argent. Selon lui, c'est un bon moyen de montrer que le thérapeute renonce à toute fausse honte. À ses yeux, la gratuité ne fait qu'augmenter les résistances du patient. Ce dernier aurait l'impression qu'il doit quelque chose à l'analyste. Les séances non effectuées sont dues (certains psychanalystes divisent le prix par deux quand un impératif valable empêche le patient de venir ; et d'autres acceptent de ne pas être payés). Ces principes doivent être posés clairement en début d'analyse. La période de vacances doit être choisie d'un commun accord avec l'analyste pour limiter autant que possible la perte de séances.

Première règle fondamentale, le patient est invité à dire ce qui lui passe par la tête, sans taire ce qui le gêne ou lui est désagréable, même si les paroles lui paraissent hors propos. C'est la technique dite des « **associations libres*** ». Autre principe, l'analyste se met en situation d'« **écoute flottante*** », c'est-à-dire qu'il ne doit rien privilégier *a priori* dans le discours de l'analysant. Il laisse libre cours à son activité inconsciente, ce qui lui permet de mieux entendre l'**inconscient*** du patient. Enfin, l'analyste doit être neutre et bienveillant. Il ne doit pas être directif ou séducteur et doit s'abstenir de porter un jugement à l'égard de l'analysant.

Au gré des séances et des problèmes évoqués par celui-ci, l'analyste peut intervenir pour soutenir moralement et psychologiquement le patient en cas de besoin, l'aider à affronter des situations difficiles ou à les clarifier.

Choisir le « bon courant »

Non seulement la psychanalyse offre plusieurs grandes tendances mais chacune de ces branches se divise à leur tour en différentes écoles... Association psychanalytique de France, Société psychanalytique de Paris, Association freudienne internationale, École de la cause freudienne, Institut Jung... Le choix n'est pas des plus simples. En fait, sans entrer dans le détail des arguments opposant chaque association ou école (divisions qui concernent plus les spécialistes que les patients), on peut distinguer clairement les trois grands courants qui composent l'offre psychanalytique. Intéressons-nous d'abord à la tendance freudienne dite « classique », branche fondatrice et aujourd'hui encore la plus répandue en France. Nous aborderons ensuite l'originalité de la psychanalyse jungienne, puis celle de la psychanalyse lacanienne. Cet ouvrage n'a pas vocation à se substituer au choix du lecteur en recommandant l'une plutôt que l'autre. Il s'agit d'exposer ce qui les distingue sans déformer la vision que les psychanalystes en ont eux-mêmes. C'est pourquoi chacune d'elles fait l'objet d'un entretien avec un thérapeute capable de faire ressortir les aspects originaux du courant auquel il appartient, tout en le replaçant rapidement dans le débat d'idées où il a pris forme.

1. La psychanalyse freudienne

La psychanalyse fut la première psychothérapie élaborée avec un souci de cohérence scientifique. Son fondateur l'a définie comme « un procédé d'investigation des processus psychiques, qui autrement sont à peine accessibles » et « une méthode de traitement des **troubles névrotiques*** » fondée sur une « science de l'**inconscient*** ». Il s'agit d'une science qui comporte une part de subjectivité essentielle et ses applications thérapeutiques concernent des personnes ayant une histoire toujours singulière. C'est l'énorme mérite de la psychanalyse que d'assumer ce paradoxe avec force et d'offrir une méthode respectueuse de la personne, une psychothérapie dont le fil est la parole même du patient.

Échappant à notre conscience, des forces psychiques gouvernent une grande partie de nos comportements, de nos pensées et de nos émotions. Cette idée de puissances inconscientes cachées dans les profondeurs de notre esprit remonte à la plus haute antiquité. Certains observateurs ont tôt soupçonné l'influence de ce continent obscur, mais Freud, le premier, a montré qu'on pouvait l'explorer avec une grande rigueur. Il a révélé que les rêves, les **actes manqués*** (maladresses, **lapsus***) ou les **fantasmes*** sont des expressions de notre inconscient, et qu'il est possible de les analyser pour en faire émerger le sens. Freud a ouvert cette voie non point à partir de simples vues théoriques mais en s'appuyant sur son expérience clinique et les séances de thérapie qu'il pratiquait quotidiennement.

Un entretien avec un psychanalyste freudien nous permet d'approfondir les apports de cette thérapie.

* * *

Entretien avec Gérard Vignaux, psychanalyste freudien et psychologue clinicien [1]

⇨ *À qui s'adresse la psychanalyse ?*

Elle s'adresse d'abord aux personnes souffrant de troubles névrotiques, de conflits intérieurs qui rendent leur vie difficile et pénible. La névrose est une construction pour se défendre qui pouvait être utile à un moment de la vie mais qui peut devenir parfaitement inadaptée plus tard à l'âge adulte et causer des souffrances et des difficultés. La névrose est le champ d'action privilégié de la psychanalyse.

La psychanalyse s'adresse aussi à ceux ou celles qui souhaitent simplement, dans un désir d'évolution ou d'épanouissement personnel, se connaître mieux, choisir leur voie et atteindre une meilleure harmonie entre eux et les autres.

1. Fondateur de l'association Thérapies Conseils.

➪ ***Y a-t-il un âge pour commencer une psychanalyse ?***

Une psychanalyse se fait en général entre 20 et 60 ans. Il est conseillé aux plus jeunes d'attendre qu'ils aient acquis une certaine autonomie mentale et financière. Il est également important qu'ils soient convaincus et déterminés par cette démarche. Concernant les plus de 60 ans, la psychanalyse n'est pas toujours adaptée car avec l'âge les personnalités deviennent plus rigides, et donc moins capables de se remettre en cause et d'évoluer. On leur proposera plutôt des psychothérapies de soutien.

➪ ***Dans quels cas la psychanalyse n'est-elle pas la bonne solution ?***

La psychanalyse n'est pas indiquée pour les personnes souffrant de troubles psychiatriques sévères. Elle n'est pas adaptée aux pathologies lourdes qui seront plus efficacement soignées par un psychiatre.

Elle n'est pas très efficace dans le cas où le **moi*** de la personne n'est pas suffisamment constitué et organisé. Elle n'est pas impossible mais, là encore, d'autres techniques psychothérapiques seront plus efficaces. Il en va de même dans le cas de personnalités psychorigides, rebelles au changement, car la psychanalyse implique le changement. Ces personnes suivront plus facilement les thérapies de groupe ou les psychodrames.

➪ ***Beaucoup de gens ont peur du silence des psychanalystes pendant les séances. Que faut-il en penser ?***

Il ne s'agit pas d'un silence absolu. Une analyse dans un silence absolu, ce n'est pas une analyse. Il peut arriver que le psychanalyste ne dise pas un mot pendant plusieurs séances mais cela reste ponctuel au cours de la cure. Par ailleurs, il faut savoir que moins il y a de mots, plus ils ont de poids et donc mieux ils seront entendus. De plus, la discrétion de l'analyste laisse toute la place au patient afin qu'il s'exprime librement, c'est la règle de la non-directivité. Le travail du psychanalyste consiste à souligner, appuyer, donner quelques repères aidant l'analysant à progresser. C'est le patient qui fait l'essentiel.

⇨ *Comment le psychanalyste écoute-t-il l'inconscient* du patient ?*

Le psychanalyste doit identifier les mécanismes psychiques de la personne qu'il écoute et élaborer des hypothèses. Les paroles du patient ont des résonances sur l'inconscient de l'analyste, ce dernier doit y être attentif et tenter de comprendre ce qu'ils révèlent de l'inconscient de l'analysant. Même si les fonctionnements psychiques de chacun sont nombreux, complexes et variés, on s'aperçoit qu'il y a des concordances entre inconscients. Des similitudes existent au niveau des jeux de mots, des métaphores qui peuvent s'établir entre les uns et les autres. Nous avons tous des points communs en matière d'émotions, d'élaboration... Conformément à ce que préconisait Freud, le thérapeute adopte une « **écoute flottante*** », consistant à suspendre son jugement et à ne privilégier *a priori* aucun des éléments du discours du patient. L'analyste peut ainsi reconnaître et comprendre certains mécanismes inconscients sans être entravé par ses propres **résistances***, ses propres contraintes morales car elles seraient susceptibles d'empêcher les perceptions de son inconscient. Il arrive ainsi à une plus grande objectivité.

⇨ *Quels sont les concepts centraux de la psychanalyse freudienne ?*

Il est absolument fondamental d'aborder les trois principaux stades de l'évolution découverts par Freud : le **stade oral***, le **stade anal*** et le **stade phallique*** car ils ont une grande influence sur le développement du jeune enfant et sur les difficultés qu'il peut avoir à l'âge adulte. Il est également essentiel d'aborder le concept de **castration*** et le **complexe d'Œdipe***, centraux dans la construction sexuelle et l'équilibre.

⇨ *Qu'est-ce que le stade oral* ?*

Il débute au premier jour de la vie. Dès sa naissance, le bébé a un besoin organique de se nourrir, de téter. Il découvre très rapidement que manger est pour lui un plaisir. Puis il va conserver ce plaisir et ce besoin de succion tout en se détachant de la nécessité de se nourrir. Pour cela, il va utiliser une tétine ou bien son pouce. L'oralité touche à tout ce qui concerne la bouche, les lèvres, et une partie du tube digestif. Les personnes qui ont une forte oralité ont souvent le sens du toucher plus développé que les autres. Lors de ce stade, il se crée une dépendance vis-à-vis de la mère que l'enfant va s'arranger à revivre plus tard en dehors de l'objet maternel[1]. Une fixation importante à ce stade cause souvent d'importantes dépendances à l'âge adulte.

⇨ *Que se joue-t-il lors du stade anal* ?*

On peut faire débuter le stade anal entre la première et la deuxième année de vie. Le rapport de l'enfant à son environnement change. Il devient autonome, marche tout seul, prend plaisir à explorer son environnement. Il va abandonner sa dépendance à l'oralité au profit d'autre chose. Il découvre l'usage de ses sphincters anal et urinaire. Il éprouve une grande jouissance à jouer avec cette analité. Au plaisir physique d'expulser s'ajoute au moment de l'acquisition de la propreté, le plaisir mental d'être félicité par sa mère quand il a expulsé. Il accède également aux plaisirs sadiques. Il peut utiliser ses excréments pour salir, pour contrarier. Le jeune enfant découvre aussi le plaisir de rétention et les satisfactions que cela peut lui procurer. Une fixation au stade anal peut expliquer certaines formes d'agressivité verbale et physique, certains comportements trop intériorisés...

⇨ *Qu'en est-il du stade phallique* ?*

Après la résolution des préoccupations de l'oralité et de l'analité émerge le stade phallique. C'est la découverte de la présence ou de l'absence du pénis. L'enfant, outre le plaisir d'uriner, ressent un plaisir narcissique. Il est fier de son sexe, il met de l'urine où il veut, il ressent une grande satisfaction au pouvoir que cela lui confère. Un adulte qui veut être le plus grand, le plus brillant, qui veut absolument détenir du pouvoir, a sans doute fait une fixation sur ce stade. C'est également à ce moment que la génitalité et les plaisirs qui y sont attachés émergent ; en découle le début du complexe de **castration***. Pour Freud, le complexe de castration touche la fille comme le garçon. Le petit garçon

1. Les « objets » choisis ensuite porteront l'empreinte de ces premières amours vers lesquelles on revient toujours.

qui vient de découvrir son pénis a peur de perdre cet objet de plaisir qui, en plus, le valorise par rapport aux autres. La petite fille, elle, va réaliser qu'il lui manque quelque chose, ce qui la conduit à se sentir inférieure. En découvrant qu'elle peut porter un enfant, elle va remplacer l'absence du pénis par un autre objet. Le désir d'avoir un enfant va remplacer ce manque. Elle va pour cela se tourner vers son père, père potentiel de son enfant. C'est le début du **complexe d'Œdipe***.

⇨ *Parlez-nous de cet incontournable complexe d'Œdipe*...*

En se rapprochant de son père, la fille entre en compétition avec sa mère alors que jusque-là elle était centrée sur elle. Cela entraîne une rivalité et une jalousie à l'égard de la mère qui conduit également à un fort sentiment de culpabilité. Pour le garçon, le complexe d'Œdipe donne lieu à un conflit « entre hommes » puisqu'en se rapprochant de sa mère il va entrer en rivalité avec son père. Ce conflit peut engendrer, comme Freud nous le montre très bien dans le cas du petit Hans, une situation difficile à vivre pour le petit garçon.

⇨ *Le complexe d'Œdipe est-il le point central de toute psychanalyse ?*

C'est un point central de beaucoup d'analyses, mais parfois le nœud se trouve ailleurs. Toutefois, le complexe d'Œdipe est au cœur de la structuration qui définit le choix de l'objet d'amour. Il va déterminer le genre de partenaire choisi. C'est en fonction du déroulement de ce complexe d'Œdipe que la vie amoureuse d'un individu s'orientera dans un sens ou dans un autre. Il y a l'Œdipe normal où l'on aime le parent du sexe opposé, alors le partenaire choisi possédera certaines analogies avec ce parent. Il y a également l'Œdipe inversé où l'enfant va aimer le parent du même sexe que lui et où adolescent, il sera conduit à choisir un partenaire ressemblant à ce parent-là.

⇨ *Que se passe-t-il lors du transfert* de ce complexe sur le thérapeute* ?

Il y a deux formes de transfert : le positif et le négatif. Le patient ressent soit de l'amour, soit de la haine pour l'analyste. Il reporte sur le psychanalyste ce qu'il a pu ressentir à l'égard de son père, de sa mère ou de personnes qui lui sont proches. Le transfert voit se succéder des manifestations de nature différentes et ambivalentes à l'encontre de l'analyste. Par le transfert, le patient revit, assez spontanément, des émotions et aborde des événements vécus dans le passé. Ce transfert est bien sûr interprété dans le cadre de l'analyse.

➩ ***Quel est le sens réel que donne Freud au mot sexualité ?***

Quand Freud parle de sexualité, il ne parle pas que de génitalité, il parle plutôt de plaisir. On retrouve donc les trois stades : oral, anal et phallique et les plaisirs qui y sont attachés. La sexualité, pour lui, correspond à ce qui est ressenti physiquement, de manière palpable et émotionnelle. Cela conduit à considérer les plaisirs de manière très large : plaisirs charnels certes, mais également fantasmes.

➩ ***Après avoir découvert l'inconscient, Freud introduit le « ça* », le « moi* » et le « surmoi* ». En quoi cette découverte est-elle également fondamentale ?***

Freud découvre là les différentes instances mentales, essentielles à la compréhension des mécanismes psychologiques. Le « ça » correspond aux pulsions, elles sont inconscientes et non élaborées. Il y a deux grands types de pulsions : les pulsions de vie et les pulsions de mort. Les premières correspondent à une envie forte de vie, de création. Elles incluent la sexualité, la maternité et la faim qui en sont des manifestations. Les secondes sont des envies fortes de mort ou de destruction ; la colère, l'agressivité, la haine en sont un reflet. Le « ça » est rempli d'énergie sans organisation : c'est le chaos.

Le « moi », lui, correspond aux intérêts généraux de la personne. Il gère l'ensemble de la personne : ses besoins, son rapport à la réalité, ses difficultés pour agir, ses dangers... C'est là que s'élabore la réflexion.

Le « surmoi » juge, critique, interdit. C'est le lieu psychique où sont présentes les règles éducatives morales et sociales. Normalement le **sujet*** obéit au surmoi. Il peut le faire par peur de la punition ou bien par amour. Quand la personne agit à l'encontre de certaines de ces pulsions non par crainte de la sanction mais par amour, c'est grâce à l'idéal du moi.

⇨ *Le moi possède des mécanismes de défense* ; comment fonctionnent-ils ?*

Tout moi organisé possède des mécanismes de défense. Ils servent à maintenir le système tel qu'il est, pour que le moi ne s'effondre pas. Ils servent à éviter une trop grande remise en question. Il y en a de nombreux : le **refoulement***, la **projection***, la régression, l'isolation, la **sublimation***... À chaque personnalité ses mécanismes de défense.

Le plus fréquent est le refoulement, il consiste à refouler dans l'inconscient, à faire sortir de la conscience ce qui a été vécu. Il entre en jeu de façon spectaculaire dans les **névroses*** et tout particulièrement dans les cas d'hystérie. Il en existe deux notions : le refoulement primaire et les refoulements secondaires. Un événement va provoquer le premier refoulement et tous les autres événements qui s'en rapprochent vont à nouveau déclencher un refoulement, dit secondaire. Le refoulement est également le mécanisme le plus représentatif des fonctions de l'inconscient. Si un événement a été refoulé, il existe encore quelque part dans l'inconscient.

La sublimation est le mécanisme de défense le plus élaboré et le plus positif. L'énergie initiale, vitale, est canalisée, utilisée à faire quelque chose de positif dans la vie. La sublimation peut permettre la réalisation intellectuelle et artistique, elle donne la possibilité d'accéder à la conceptualisation et à la symbolisation. L'énergie initiale sexuelle est transformée en énergie créatrice.

⇨ *Quel est le lien entre pulsion et refoulement ?*

Certaines pulsions sont difficiles à vivre. Elles causent embarras, sentiment de culpabilité, malaise, ce qui conduit au **refoulement*** de ces pulsions dans l'inconscient. Il peut s'agir de pulsions de vie comme de mort. Désir sexuel, envie de meurtre... Quand ces pulsions sont contraires à une certaine morale, lorsque le désir est nocif pour la santé et pour la vie elle-même, la pulsion est réprimée. C'est l'interdiction d'un acte jugé contraire à la loi ou moralement interdit qui conduit au refoulement.

➯ *Combien coûte une psychanalyse et quelle est la symbolique qui entoure la rémunération de l'analyste ?*

Une séance de 45 minutes coûte entre 50 et 80 euros. La rémunération de l'analyste est nécessaire et logique comme dans toute relation de travail. Si l'analyste travaillait gratuitement, l'analysant se retrouverait face à quelqu'un qui lui ferait un don et dont il se sentirait redevable donc dépendant. L'analyse représentant un travail de longue haleine, cela créerait une lourde dette difficile à gérer. La rémunération est donc pour le patient une garantie de liberté. La transaction financière permet à chacun d'y trouver son compte.

Concernant les séances auxquelles l'analysant ne se rend pas, les pratiques sont variables. Me concernant, je demande comme beaucoup de mes confrères à être prévenu au moins 48 heures à l'avance. Certains font payer les séances même pendant les vacances. Cela peut paraître abusif, pourtant un de mes confrères m'a expliqué qu'en faisant régler une de ses patientes pendant les vacances, il a maintenu le lien psychologique qui existait entre eux. Cela lui a permis d'éviter la déprime qu'elle faisait toutes les années précédentes pendant son absence.

Cette règle de la séance due s'inscrit dans la logique de la continuité et de la régularité. Quand on entreprend une psychanalyse, c'est un travail long et rigoureux qui demande un investissement. Il n'est pas dans l'esprit de s'y soustraire en fonction des événements ou d'éviter certaines séances difficiles.

➯ *Quelles sont les limites de l'apport freudien ?*

Ce sont d'abord les limites de son temps, puisque Freud a vécu jusqu'en 1939 et que depuis de nombreuses découvertes ont été faites et de nouvelles pathologies ont émergé. Dans la théorie de la psychanalyse, Freud travaille essentiellement sur les **névroses*** classiques faites d'inhibitions et d'angoisses assez communes à l'époque. Aujourd'hui, l'évolution des mœurs, la baisse de l'influence de la religion, les nouvelles méthodes éducatives expliquent que l'on soit moins souvent confronté à ce genre de névroses.

* * *

La psychanalyse freudienne : coût et durée de la thérapie
Durée d'une séance De 30 à 45 minutes **Fréquence des séances** Au moins une fois par semaine **Durée moyenne de la thérapie** De 5 à 10 ans **Prix de la séance** De 40 à 90 euros

2. Jung : le grand dissident

L'histoire de la psychanalyse a été marquée par de nombreuses dissidences. La plus retentissante fut celle de Carl Gustav Jung, sans doute parce qu'elle a enrichi notre représentation de l'**inconscient*** plus qu'aucune autre. Jung a rencontré Freud en 1907. Médecin psychiatre, Jung approfondissait déjà la méthode des **associations libres*** comme voie d'accès aux complexes des patients. Freud a rapidement vu en lui son fils spirituel le plus brillant, capable de poursuivre l'édification de la psychanalyse. Leur amitié a contribué à l'ascension rapide de Jung et a forgé sa notoriété. Dès 1910, Jung est devenu président de l'Association internationale de psychanalyse. Puis il a exprimé des critiques de plus en plus nettes sur la théorie freudienne de la sexualité et le fonctionnement de l'inconscient. À partir de 1911, ses publications portent la marque de ce désaccord. Leur rupture sera définitive en 1914. Jung approfondira ses analyses de l'inconscient, notamment par de nombreux voyages d'étude à travers le monde et un immense travail de comparaison des mythes religieux et des littératures. Il a pu mettre en évidence des structures universelles de l'**imaginaire*** derrière la diversité des cultures, structures qui permettent de mieux comprendre les opérations symboliques à l'œuvre dans nos rêves et dans nos comportements individuels. Ces structures sont les organisatrices secrètes de l'**inconscient collectif***, actives en chacun de nous mais plus ou moins déséquilibrées par l'histoire personnelle et ses conflits propres.

* * *

Entretien avec Éric Tognoni, psychanalyste jungien et psychothérapeute

⇨ *En quoi Jung devient-il dissident des œuvres freudiennes ?*

Freud a basé toute sa théorie sur la **libido*** et le **complexe d'Œdipe***, qui alimentent toutes ses démonstrations et surtout celle de la névrose. Jung n'adhère pas au fait que la libido en tant qu'énergie sexuelle soit le concept central du développement psychique. Il trouve cela trop réducteur. Il va substituer au concept de libido celui d'énergie vitale, beaucoup plus large. Cette énergie anime la vie de l'homme et se métamorphose au niveau spirituel sous des formes créatrices. Là où la méthode des associations libres de Freud était réductrice, Jung élargit ses concepts et sa vision de l'analyse des rêves, voie royale pour accéder à l'**inconscient*** et au langage de l'âme. Nous sommes moins dans la psycho-sexualité chère à Freud que dans une relation de l'homme à son milieu et à la spiritualité, laquelle s'exprime dans l'art, la littérature ou les mythologies religieuses.

⇨ *Quelle est la vision jungienne du complexe d'Œdipe* ?*

L'analyse des rêves et l'étude des symboles ont amené Freud à fonder toute sa théorie sur l'explication du complexe d'Œdipe qu'il réduit à une analyse du mythe de la tragédie grecque. Il a introduit ainsi la loi du père qui stipule l'interdit de l'inceste et du parricide. Ce qui est limitant, c'est qu'il occulte l'analyse du rôle de Jocaste, la mère d'Œdipe, avec lequel elle se marie. Pour Jung, interpréter le symbole dans sa seule dimension sexuelle, revient à limiter la connaissance des comportements humains à l'interprétation d'un seul mythe. Jung dépasse l'interprétation freudienne de la loi du père pour introduire le domaine des mères où le devenir de la psyché n'est pas lié à l'intervention du père. Il étend l'étude de la **psyché*** à l'hypothèse de l'existence d'énergies psychiques autres que la **libido***, notamment présentes dans des zones profondes de l'âme, lieux des représentations collectives primitives.

⇨ *Comment Jung définit-il l'inconscient* personnel ?*

C'est l'inconscient qui concerne le vécu individuel de la personne, le refoulé mais également tout le matériel de la petite enfance, ses productions imagées, immatures et non encore parvenues dans le conscient. L'inconscient ne se résume pas au **refoulement***. Jung décrit un inconscient qui comporte des dynamiques propres bien plus riches lui permettant de vivre en autonomie et en permanence sans la conscience.

⇨ *Qu'est-ce que l'inconscient collectif* ?*

En étudiant chez ses patients les phénomènes inconscients, tout particulièrement à travers la pratique des **associations libres***, Jung a découvert l'importance capitale des symboles et des **archétypes***. Son axe de travail principal consiste à analyser les rêves et les **projections***. Pour lui, un rêve n'est pas simplement une production fantasmée ou imagée qui correspond à un **refoulement***. Il a un contenu beaucoup plus profond qui renvoie au langage de l'âme, à la psyché de la personne.

Selon Jung, l'inconscient collectif, « riche dépôt d'expériences ancestrales », correspond à des évocations primitives, des images originelles, mythologiques et archaïques. Ces images correspondent à des traces transmises et reconstituées par chaque génération comme patrimoine des premières civilisations. Chaque personne retrouve en elle cet héritage et les nombreux symboles qui y sont attachés s'expriment dans les rêves et les fantasmes. De cette approche découlent les notions d'archétypes et de symboles.

⇨ *Qu'est-ce que le symbole ?*

Le symbole peut se définir comme l'expression possible d'un fait encore inconnu qui contient des éléments refoulés et des éléments qui n'ont jamais été conscients. Le symbole entretient des relations étroites avec l'**inconscient***. C'est grâce au sens que le symbole prend, que le contenu de l'inconscient peut devenir visible au conscient. Le symbole s'applique à toute production psychique : rêve, image, dessin spontané... Le symbole se manifeste spontanément à la conscience bien qu'il y arrive dépourvu de sens. Dès que sa signification est comprise, il est incorporé à la conscience. Un autre point important. Le symbole est la prémisse de la manifestation de l'archétype, ce qui fait que symbole et archétype sont étroitement liés.

⇨ *Comment Jung définit-il les archétypes* ?*

Pour lui et ses disciples, les archétypes sont des images archaïques et universelles qui structurent la psyché. L'image de la montagne, par exemple, ou celle du serpent sont des archétypes autour desquels se structurent toutes sortes de récits mythologiques, tout en conservant une structure identique quel que soit le lieu, le temps ou la culture dans laquelle cet archétype apparaît. Pour le dire autrement, les archétypes sont des « images-mères » dont découlent des constellations de symboles qu'on retrouve dans les productions de l'esprit, les mythes, les charges affectives, les phénomènes religieux. Les archétypes et les symboles se combinent selon leur ressemblance, leurs aspects communs ou opposés (bâton, serpent, sceptre, épée, ventre, vallée...).

Jung va identifier deux archétypes fondamentaux et structurants de l'âme qu'il nomme **anima et animus***. L'anima est la part du féminin qui existe dans l'**inconscient*** de l'homme, et l'animus, la partie masculine qui existe chez l'inconscient de la femme. Pour l'homme, l'anima se construit par référence à l'être féminin inscrit depuis l'origine des temps, plus ou moins influencé par la relation à la mère. L'anima représente l'idéal de la femme. Pour la femme c'est un conglomérat d'images d'hommes inconscient qui détermine son animus. Dans les relations amoureuses, l'anima et l'animus sont projetés inconsciemment sur l'être aimé, favorisant à la fois l'installation de la passion et l'illusion de percevoir l'autre au travers de son idéal masculin ou féminin.

Ces énergies masculines et féminines sont en chaque personne. Elles guident inconsciemment chacun de nous dans le choix de son partenaire. Les rencontres ne sont donc pas, à proprement parler, de l'ordre du hasard.

Pour l'être humain, prendre conscience et intégrer l'énergie de l'anima et de l'animus permet de vivre ses actes et ses relations en pleine conscience. Par exemple, un homme possède en lui des parts féminines comme la douceur, la sensibilité, la créativité... Il recherchera inévitablement ces caractéristiques chez la femme et espérera les vivre avec moins de dépendance dès qu'elles émergeront à sa conscience. Les archétypes parviennent à la conscience par le rêve et la **projection***.

⇨ ***Qu'est-ce que la projection* ?***

La projection correspond à un mécanisme de défense* inconscient. La projection consiste à ignorer une partie de nous-même, lieu d'une intense souffrance, pour la reconnaître et l'investir sur l'**Autre***. On perçoit l'Autre et souvent la personne aimée comme au travers d'un écran, générant l'installation d'illusions. Par exemple, une relation fusionnelle peut avoir pour origine la projection réciproque d'un besoin inconscient d'être aimé et sécurisé. Ce besoin prend sa source à la naissance, dans les premières heures de la vie. Aussi, dans une relation, l'Autre nous renvoie là où nous sommes en difficulté avec nous-même, ce qui nous aide à prendre conscience de nos projections au travers de nos jugements de valeurs et de nos émotions. Ainsi, l'on voit et l'on parle plus facilement de ce que l'on perçoit chez l'autre et qui se trouve au plus profond de nous-même, que l'on ignore. Par exemple, si je rencontre au cours d'un séminaire un homme particulièrement froid et silencieux qui me dérange, je dirais qu'il est antipathique. Mais rien ne prouve que cette personne est ce que j'imagine. Si je mène une écoute intérieure de mes sensations il se peut que cet homme incarne une figure paternelle ou maternelle froide, dure ou rigide.

⇨ ***Pouvez-vous me parler du processus d'individuation ?***

C'est un des concepts centraux de la psychanalyse de Jung. Il permet d'élargir la sphère de la conscience en rendant conscient ce qui est inconscient. Le **moi*** (le rapport que l'on a à sa personnalité) va faire l'expérience de tout ce qui se trouve dans l'inconscient. Cela va permettre à la personne de se rapprocher de son centre. Jung l'appelle le Soi. Le processus d'individuation s'oppose à la « persona », qui est la façade sociale, le masque que chacun de nous porte. C'est tout ce qui est de l'ordre du paraître. Jung met en garde contre le danger d'identification à cette représentation. Vivre dans le paraître revient à ignorer l'être profond.

L'individuation, c'est en quelque sorte « deviens ce que tu es ». Au cours du processus d'individuation, il y a élargissement de la sphère du conscient et libération du moi. Les **archétypes*** apparaissent les uns après les autres : l'ombre (tous les éléments de l'**inconscient*** et du **refoulement**), la persona, l'**anima, l'animus***... L'être devient une entité indivisible, une totalité. Le moi peut reconnaître le centre inconscient de la personnalité et, comme le dit Jung, viser « l'accomplissement de son Soi propre ». Le processus d'individuation est un processus fondamental dans la réalisation de l'être humain qui le conduit vers sa dimension divine.

⇨ *Que dit Jung sur l'âme humaine ?*

Il convient de rappeler que Jung est issu d'une famille de médecin et de religieux puisque son père était pasteur. Cela a incontestablement dirigé ses réflexions et ses recherches sur le langage de l'âme. Pour Jung, grâce au processus d'individuation qui permet d'intégrer son « ombre » et toutes les composantes de sa personnalité pour aboutir à une entité totale, le Soi, la possibilité qui est donnée à l'homme est de rencontrer sa partie divine. L'homme possède en lui la figure divine, à condition qu'il se dégage de ses conditionnements et accepte de rentrer en soi pour rechercher sa totalité. Le processus jungien vise à dépasser les limites du **Moi*** névrosé pour une meilleure compréhension de soi dans une perpétuelle dynamique de transformation. Cette intégration de la personne dans son univers et l'ouverture sur le langage de l'âme induisent une dimension cosmique sacrée.

➪ *Quelle est la place du corps dans la théorie jungienne ?*

Au cours de ses voyages en Afrique et en Inde, il a découvert le système subtil des chakras et il a retrouvé dans le processus d'individuation l'énergie de la Kundalini. Il s'agit d'une énergie située au niveau du sacrum qui lorsqu'elle est éveillée, remonte le long de la colonne vertébrale, traverse le système des chakras. Elle provoque des transformations énergétiques importantes, élargit le champ de la conscience et permet la rencontre avec la partie divine. Jung a observé les manifestations de l'énergie de la kundalini chez ses patients lors du processus d'individuation, ce qui a renforcé sa théorie sur les chakras. Avec cette énergie, le corps devient le lieu de l'intégration du changement par l'expérience. Par ailleurs, la connaissance de textes sanskrits et taoïstes a permis à Jung de formuler des théories psychologiques, notamment la description de la synchronicité. Ce terme est utilisé par Jung pour décrire la rencontre entre un événement psychique et un événement physique qui fait sens pour la personne. Par exemple, on pense à une personne et on la rencontre ou elle vous téléphone au même moment.

➪ *Jung a dit que tout bon psychothérapeute doit être un peu chaman... Qu'entendait-il par là ?*

Le processus d'individuation au travers des symboles et de l'analyse des rêves se rapproche de cultes ancestraux des civilisations primitives. Cela implique une approche globale où les mystères de l'âme, de la nature, de l'énergie divine sont centraux et qui dépasse la simple psychologie analytique. Le psychothérapeute, comme un chaman, doit pouvoir faire l'expérience de ces dimensions et ne pas simplement se cantonner à la psychologie de l'inconscient. Il peut ainsi aider le patient à modifier progressivement ses relations à soi et au monde et ouvrir sur la dimension spirituelle de l'être.

➪ *Comment se déroule une séance ?*

Elle se déroule selon les règles de la psychanalyse. Le patient est étendu sur le divan et l'analyste derrière lui. Le patient laisse libre cours à ses pensées et exprime tout ce qui lui vient sans restriction, même les éléments les plus innommables qui lui paraissent les plus difficiles à dire. La durée d'une séance est variable, en moyenne d'une demi-heure, avec plusieurs séances par semaine. Une thérapie jungienne peut durer plusieurs années.

⇨ ***Quelle est la différence entre l'analyse jungienne et la psychothérapie analytique ?***

Dans les deux cas l'analyste travaille sur l'**inconscient*** et recherche l'émergence du matériel inconscient infantile, les **refoulements***, les traumatismes, etc. Mais le cadre est plus « souple » pour une psychothérapie analytique. Le patient est assis en face de l'analyste, la séance a une durée variable mais la fréquence hebdomadaire est moindre. Le thérapeute peut être plus interventionniste et par la **reformulation*** favoriser l'émergence du sens, aider à la clarification des mécanismes inconscients. La psychothérapie peut aussi s'agrémenter de séances de thérapie de groupe.

⇨ ***En quoi certaines thérapies corporelles sont-elles proches de la vision jungienne ?***

Les recherches de Jung ne se sont pas simplement cantonnées au psychisme. Elles ont dépassé le cadre de la psychologie de l'**inconscient*** pour s'attacher à explorer les liens entre les cultures orientale et occidentale. Cela l'a mené à faire le lien entre le corporel et le psychique. De plus, comme pour l'approche jungienne, ces thérapies s'inscrivent dans une démarche **phénoménologique***, c'est-à-dire dans une attitude d'accueil et d'étude des phénomènes vécus par la personne, sans jugement. Le principe de réalité, l'ici et le maintenant représentent aussi des concepts propres aux thérapies psycho-corporelles. La sophrologie, issue de la réunion de concepts thérapeutiques des civilisations de l'Orient et de l'Occident, en est le meilleur exemple. Elle privilégie la relaxation du corps pour faciliter l'accès à la production d'images mentales inconscientes. Elles naissent lorsque la personne en relaxation profonde émet des ondes cérébrales particulières, les ondes alpha. Dans ce niveau de **conscience modifiée***, appelée zone sophroliminale, apparaissent comme dans les rêves, des scénarios inconscients qui seront repris et travaillés avec le thérapeute. D'autres thérapies à médiation corporelle pourront utiliser les sons, la danse, le massage, le toucher, la transe pour avoir également accès au matériel inconscient toujours dans l'objectif de la recherche de centrage de la personnalité.

* * *

La psychothérapie analytique jungienne : coût et durée de la thérapie
Durée d'une séance 45 minutes. **Fréquence des séances** Au moins 1 fois par semaine. **Durée moyenne de la thérapie** Environ 3 ans. **Prix de la séance** De 40 à 90 euros.

3. Lacan : les mots de l'inconscient

Jacques Marie Lacan est né en 1901 à Paris. Outre ses études de médecine et son internat en psychiatrie, il s'est intéressé en profondeur à d'autres champs du savoir comme les lettres, la philosophie, l'histoire, la linguistique... Il a fréquenté les surréalistes alors qu'il était encore étudiant en psychiatrie. Sa thèse de doctorat *De la psychose paranoïaque dans ses rapports avec la personnalité*, parue en 1932, fut remarquée pour sa qualité exceptionnelle. Lacan l'envoya à Freud et fit une psychanalyse. Il devint président de la Société Psychanalytique de Paris, dont il démissionna en 1953 en réaction contre la création d'un Institut de psychanalyse dont le but était de délivrer un enseignement sur le modèle médical, modèle qu'il jugeait inadapté à la psychanalyse.

Il fonda avec ses disciples et notamment Françoise Dolto la Société française de psychanalyse (SPP). Mais, pour que ce groupement soit reconnu par l'Association internationale de psychanalyse (IPA), Lacan et Dolto devaient renoncer à former des psychanalystes. Lacan refusa le marché et se résolut alors à fonder sa propre école en 1964 : l'École freudienne de Paris. Lacan y poursuivit son œuvre sur le langage de l'**inconscient*** et son séminaire jusqu'en 1979. Un peu avant sa mort, en 1981, il décida de dissoudre son école devenue la plus importante des associations françaises de psychanalyse. Ainsi, bien que l'on oppose aujourd'hui, non sans raison, freudiens et lacaniens, Lacan lui-même s'est toujours dit freudien, laissant à ses élèves le choix de se dire lacaniens. Un entretien avec un psychanalyste lacanien nous permet d'y voir plus clair sur l'apport de ce théoricien qui a marqué profondément la culture psychanalytique française.

* * *

Entretien avec Bernard Vandermersch, psychanalyste lacanien, président de l'Association internationale lacanienne

⇨ *Quelle a été l'influence de l'enseignement de Lacan ?*

L'enseignement de Lacan n'a jamais été reçu de façon consensuelle. Mais si la psychanalyse est encore une pratique vivante dans le monde, c'est en grande partie à lui qu'on le doit. C'est lui qui l'a remise sur sa voie difficile et spécifique. Le champ de la psychanalyse, mais aussi celui de la psychiatrie, de la psychologie, de la philosophie, de la sociologie, de l'éducation et du travail social ont été traversés, stimulés par lui car sa rigueur et sa dimension subversive ne pouvaient manquer de provoquer une mise au travail. Aujourd'hui, à l'exception des neurosciences, la plupart des recherches dans ces domaines s'organisent autour de son enseignement, que ce soit avec ou contre ses thèses.

⇨ *On a parfois ridiculisé le style de Lacan. Est-ce que son enseignement n'a pas pâti de son style ?*

Effectivement Lacan a un style. Ce n'est pas le cas de tous les analystes ! Remarquons qu'en dépit de la difficulté de ses *Écrits* (1966) et des railleries et critiques, l'ouvrage eut un succès étonnant. Dans le texte de présentation Lacan dit explicitement vouloir « amener le lecteur à une conséquence où il lui faille mettre du sien ». Si l'on prête attention à ce style difficile, mais qui n'engendre pas l'ennui, on découvre un véritable travail poétique où rien n'est jamais banal ou convenu mais où la forme de la phrase se plie à son objet. En réalité, la difficulté principale ne réside pas dans le style mais dans la complexité du **sujet***.

Malgré les difficultés, cet enseignement vaut aujourd'hui à notre pays d'occuper une place essentielle dans les universités de lettres nord-américaines, en Amérique latine, en Europe de l'Est et même dans certains pays arabes. Après le Japon où les *Écrits* ont déjà été traduits, la Chine s'y intéresse.

⇨ *Qu'apporte Lacan dans sa relecture de Freud ?*

Lacan ne lit pas seulement les textes de Freud comme contenant un savoir, mais y trouve l'expression d'un désir très particulier, celui de Freud en tant que psychanalyste, désir qui n'est pas détachable de la théorie qu'il élabore. Les apports de Lacan sont très importants. Pour n'en citer qu'un, dont les conséquences sont essentielles : la distinction entre les trois registres **réel***, symbolique et **imaginaire*** de notre vie mentale.

⇨ *Comment Lacan conçoit-il l'inconscient* ?*

Pour Lacan, l'inconscient est le lieu d'où nous viennent nos pensées, celles que nous assumons comme nôtres comme celles que nous n'assumons pas. Les pensées bizarres de nos rêves, les **lapsus*** plus ou moins drôles que nous faisons, d'où peuvent-ils provenir sinon d'un Autre lieu ? Ce lieu, Lacan l'appelle justement l'**Autre*** avec un grand « A ». Dans ce lieu, comme on peut en juger par nos rêves, nos lapsus, nos actes manqués, etc., ça parle de quelque chose en nous, de désirs énigmatiques qui semblent insister pour se faire reconnaître. Freud disait que le devoir civilisateur de la psychanalyse pouvait se formuler ainsi : « Là où C'était [l'inconscient], Je dois advenir. » Cela veut dire : assumer la responsabilité de ce désir inconscient. Par exemple, prendre son lapsus au sérieux et non comme une erreur du cerveau.

⇨ *Pour Lacan, « l'inconscient est structuré comme un langage », que veut-il dire par là ?*

Freud décrit dans de nombreux textes les mécanismes à l'œuvre dans les formations de l'inconscient (rêves, **lapsus*** etc.). Ce sont par exemple la *condensation* en une seule représentation de représentations multiples, ou encore le *déplacement* d'un affect d'une représentation sur une autre. Lacan note que ces mécanismes sont identiques à ceux qui caractérisent le langage humain : métaphore, métonymie[1]...

À partir de là, il pose l'hypothèse que l'inconscient (découvert par Freud) est structuré comme un langage. L'inconscient n'est donc pas un obscur chaos où s'agitent des pulsions animales refoulées par la civilisation, mais une structure. Pour Lacan, il n'y a d'inconscient que parce que l'homme est un animal pris dans le langage. Bien avant qu'il naisse, on parle déjà de l'enfant, il est situé dans une histoire, une culture où sont déjà inscrits des désirs le concernant. Il est donc « colonisé » par le langage jusque dans son sommeil, où les rêves parlent de lui sous forme d'images et de paroles. Freud lui-même parle du rêve en terme de rébus, séquences énigmatiques qui doivent être lues comme des unités de langage, des signifiants, indépendamment du sens des objets représentés (un nouveau nez : un nouveau-né, les talons : l'étalon).

⇨ *Lacan a-t-il également parlé du transfert* ?*

Il a consacré une année entière de son enseignement sur ce sujet ! Pour Lacan, le ressort du transfert consiste dans (et nécessite) la croyance inconsciente en un sujet supposé savoir. Le travail de la cure peut aboutir au dévoilement d'un certain objet (**objet a***) qui a pour fonction de pallier l'absence d'un sujet supposé savoir. L'analyste est alors déchu par le patient de sa place idéalisée. C'est à ce sujet supposé savoir que s'adressent les sentiments positifs ou négatifs qui attachent l'analysant à son analyste. Non seulement, comme pour Freud, l'amour de transfert est un véritable amour, mais Lacan a montré qu'il donnait la clé du mécanisme de tout amour.

⇨ *Qu'est-ce que le stade du miroir* ?*

Il s'agit au départ d'une découverte faite par le célèbre psychologue Henri Wallon. Très schématiquement, c'est le moment où le bébé, encore mal coordonné dans sa motri-

1. Métonymie : figure de rhétorique par laquelle une chose est dénommée au moyen d'un mot désignant une autre chose. Exemple : « boire un verre » (le verre désignant le liquide).

cité, vers l'âge de 6 mois, se reconnaît dans le miroir. Ce « stade » a fait l'objet de la première intervention de Lacan dans le champ psychanalytique en 1936. Lacan voit dans le stade du miroir la naissance du Moi*. Le moi du nourrisson se constitue à partir d'un reflet de son corps qui le séduit à ce point qu'il se prend pour une image et cela pour toujours. « C'est moi ! » disons-nous devant une photo ou une description de nous-même.

Le pouvoir aliénant mais nécessaire de cette image tient sans doute à ce qu'elle offre au petit enfant une unité qu'il n'a pas encore conquise du fait de l'inachèvement de son système nerveux. Mais cette image est logiquement en avance d'un temps sur lui et déjà reconnue par la mère. Du même coup il y a une tension érotique-agressive entre cette image et le Moi qui en dépend, une véritable passion pour le Moi qu'on appelle le narcissisme.

⇨ ***Le Moi* chez Lacan est assez différent du Moi freudien ?***

Effectivement, et malgré certaines indications de Freud qui vont dans le sens de Lacan. En tout cas, les psychanalystes de l'époque n'ont pas noté le caractère subversif de cet apport. Loin d'être le partenaire allié du psychanalyste dans la cure « contre » l'inconscient, Lacan montre que le Moi est le lieu de toutes les méconnaissances.

Tout ce que l'on peut apprendre sur soi a d'abord été attribué à l'autre, ce que d'ailleurs chaque enfant sait fort bien sans le savoir : « c'est celui qui le dit qui est ! » C'est ainsi qu'en toute bonne foi j'accuse le petit camarade que je viens de frapper de m'avoir fait mal ou que je pleure devant le spectacle de la détresse de mon semblable même si c'est dans une scène de fiction. Une telle structure du moi pourrait faire réfléchir sur la vertu de sincérité et sur les limites du témoignage.

⇨ ***Qu'est-ce donc que cet « objet a* » qu'on ne trouve pas chez Freud ?***

C'est un concept difficile et l'approcher risque d'être un peu long. C'est le seul apport à la théorie dont Lacan revendique l'invention. Le point de départ est qu'il n'y a pas dans l'espèce humaine d'objet naturel du désir. Dans le monde animal il y a des signes absolus qui commandent par exemple la réalisation de la reproduction. Rien de tel chez l'homme. Le désir n'est pas le besoin : aucune nourriture ne peut satisfaire le désir du sein par exemple. S'il y a, à foison, des objets qui leurrent le désir, des ersatz en quelque sorte, il n'y a pas proprement d'objet qui puisse satisfaire le désir.

Un deuxième point est que le **sujet*** humain est lui-même quelque chose qui ne figure pas dans le langage. Il n'est que supposé (sub-jectum). Ce manque apparaît donc d'abord chez l'**Autre***, incarné surtout au départ par la mère. Elle me dit ceci ou cela mais au-delà de ce qu'elle me dit, que veut-elle que je sois ? Elle-même n'a pas de mot pour le dire.

Du coup nous nous posons la question de ce que nous sommes. Spinoza avait déjà répondu : l'essence de l'homme c'est le désir. Cela veut dire que notre essence est d'être des « manques à être », de purs trous dans le langage : aucun dernier mot ne dira ce que nous sommes et jusqu'à notre dernier souffle nous cherchons à nous exprimer.

Tout sujet fait un jour l'expérience qu'il n'est pas l'objet qui peut combler sa mère. Il perd alors ce qui masquait son manque à être mais aussi celui de la mère. L'objet qu'il se croyait être, bien élevé, fièrement dressé sur ses jambes, Lacan l'appelle le **phallus*** imaginaire de la mère.

Remarquons que l'absence de pénis sur le corps de la mère est généralement méconnue ou diversement désavouée par l'enfant. Cette ignorance est une défense mais contre quoi ?

Lacan montre que cette prétendue « **castration*** » de la mère n'est qu'une présentation sous forme imaginaire d'un manque structural situé dans le langage, dans l'Autre qu'il appelle encore le Trésor des signifiants. Dans ce trésor il manque en effet le dernier mot, celui qui garantirait la vérité dernière. La défense contre la castration est une défense contre cette absence de garantie de la vérité. Il suffit pour s'en convaincre de penser à la violence qui peut se déclencher par la mise en doute des croyances qui viennent s'y substituer.

L'objet a est ce qui vient à la place de cette garantie absente. Il est ce avec quoi (en dehors du nom propre) le sujet bouche le trou qui se dévoile au moment où il s'aperçoit qu'il n'est pas le phallus de la mère. Ce bouchon est un objet détachable du corps, qui était déjà là, en attente, dans les échanges sensuels entre la mère et l'enfant. Il s'agit du sein (de l'enfant sevré), de l'excrément (de l'enfant propre) déjà bien connus des analystes freudiens en tant qu'objets dits prégénitaux, mais aussi du regard et de la voix.

Pris dans cette fonction de garantie de l'existence, l'objet a disparaît de la scène du monde. Il ne soutient la réalité du sujet qu'à la condition de rester voilé. Ainsi l'angoisse traduit la menace de son dévoilement, tandis que la honte est le sentiment d'y être réduit.

⇨ *Pourquoi dites-vous phallus* plutôt que pénis ?*

Le phallus n'est pas sans rapport avec le pénis mais il n'est pas du même registre. Le pénis est l'organe. Le phallus imaginaire était cet organe imaginaire qui soutenait un temps l'être de l'enfant. Le phallus symbolique est un signifiant qui répartit les êtres humains et régit une part de leur jouissance, celle marquée d'une limite et liée à une perte (« on ne peut avoir le beurre... »). [Il existe une autre jouissance qui elle se présente comme sans limites]. En effet, ce signifiant se met en place au prix du renoncement du **sujet*** masculin à la maîtrise imaginaire de son pénis.« Le pénis doit être rayé de la carte de son narcissisme. » Le refus de payer ce prix peut engendrer l'impuissance.

Pour Lacan, le phallus est ce qui unit le vivant au langage. Il régule en partie les fonctions de notre corps (manger, boire, dormir) en les inscrivant dans un rythme socialisé.

⇨ *Quelles sont les spécificités des séances lacaniennes ?*

Freud admettait que sa technique était « la seule qui lui convenait personnellement » mais n'excluait pas qu'un autre praticien puisse « être amené à adopter, à l'égard des malades et de la tâche à réaliser, une attitude différente ». L'apport de Lacan a été d'abord de rappeler au psychanalyste sa totale responsabilité à l'égard de la technique. Aucun rituel imposé par quelque autorité que ce soit ne saurait prévaloir sur sa propre appréciation des contraintes liées à la structure de l'inconscient. De ce fait, on observe une assez grande variété dans la durée, la fréquence et le prix des séances.

Rappelons que la souffrance n'élude pas la responsabilité du patient dans le choix de son analyste et que le souci de s'entourer d'un maximum de garanties ne constitue pas une garantie qu'une psychanalyse ait lieu. C'est la responsabilité du psychanalyste de fixer les conditions qui lui sembleront les plus favorables pour que la cure soit possible.

Quant à la durée de la cure, elle a la réputation d'être longue. C'est vrai, et surtout cette durée n'est pas prévisible. Elle dépend d'ailleurs de ce que l'analysant en attend et cela peut changer en cours de cure.

⇨ ***Il n'y a pas de contre-indications ?***

Voilà un terme bien médical. Lacan dit dans *Télévision* que « l'analyse doit se refuser aux canailles ». Une psychanalyse suppose avant tout que le patient s'y engage. Cela dit, la cure analytique exige que le **sujet*** puisse répondre aux sollicitations du **transfert*** et de l'interprétation autrement que sur le mode du délire ou du passage à l'acte. Il convient donc de s'orienter correctement dans la structure avant d'engager quelqu'un dans cette aventure. Avec ces réserves, l'écoute d'un analyste averti, même dans les cas de **psychoses***, peut être bien utile au patient.

* * *

La psychanalyse lacanienne : coût et durée de la thérapie
Durée d'une séance De 5 minutes à 1 heure **Fréquence des séances** Au moins 1 fois par semaine **Durée moyenne de la thérapie** De 5 à 10 ans **Prix de la séance** De 40 à 120 euros

III

Choisir une psychothérapie

On compte aujourd'hui des centaines de méthodes psychothérapeutiques. Nous avons retenu dans cet ouvrage les plus pratiquées et les plus sérieuses. Certaines se ressemblent par leurs méthodes et leur théorie, d'autres se contredisent, ou se complètent parfois en répondant à des troubles différents. De nombreux thérapeutes y recourent en fonction des problèmes du patient. Elles ont pour but de soulager le **symptôme*** et ne s'attaquent pas forcément aux causes du malaise.

Il reste difficile de distinguer les promesses de chacune et la réalité de leurs propriétés thérapeutiques. Toutefois, diverses enquêtes internationales et une étude réalisée en 2004 par l'Inserm confirment l'efficacité d'une partie d'entre elles, notamment des thérapies comportementales et cognitives dans un certain nombre de troubles. Celles que nous présentons ont montré qu'elles ont un effet au moins sur une partie des patients. Décriées par certains psychanalystes pour leur superficialité, elles sont, au contraire, conseillées par d'autres pour traiter des troubles qui ne nécessitent pas l'exploration de l'inconscient.

La psychothérapie n'est plus vraiment toute jeune puisqu'elle est âgée d'un siècle. Elle est, notamment, l'héritière des travaux de Pierre Janet publiés en 1889 dans *L'Automatisme psychologique*. Les techniques et les concepts qu'il développe dans cet ouvrage jettent les bases des thérapies comportementales et cognitives. Pour les cognitivistes, les troubles psychiques proviennent de mécanismes inconscients automatiques qui traitent mal l'information, par de fausses croyances ou des réactions inappropriées. Ce cheminement erroné de l'information prendrait sa source dans l'interaction entre les facteurs biologiques et environnementaux. En d'autres termes, certaines fragilités ou difficultés s'expliqueraient par la combinaison des parts d'inné et d'éducation. De nombreuses études sur les jumeaux ont confirmé ce double mode de conditionnement des pensées et des réactions.

Alors que la psychanalyse se détache des données physiologiques, ces psychothérapies les prennent en compte comme part de l'élaboration de la personnalité. Alors que les psychanalyses visent à mettre en lumière les mécanismes inconscients, celles-ci s'attachent à identifier et modifier les mécanismes psychiques automatiques inadaptés. Le parallèle avec le fonctionnement d'un ordinateur est souvent évoqué par les psychothérapeutes : le but est de reprogrammer un système défectueux en introduisant de nouveaux mots-clés ou en créant de nouvelles connexions afin de le rendre plus performant. Si le **transfert*** prend une place centrale en psychanalyse, puisqu'il permet de rejouer avec l'analyste les relations fortes tissées dans la petite enfance (moyen incontournable pour faire émerger les mécanismes inconscients), en psychothérapie le passé n'a qu'une importance mineure. Ce rapport au temps entraîne des visions différentes de certains événements. Une dépression, par exemple, peut être considérée en psychanalyse comme une étape dans la maturation psychique, alors qu'en psychothérapie cognitivo-comportementale elle est l'indication d'un trouble à traiter. Enfin, comme nous l'avons vu, la durée et les échanges ne sont pas du tout de la même teneur. Le but n'étant pas le même, l'attitude du thérapeute diffère. Il est plus directif et les consultations prennent une forme beaucoup plus interactive.

Bien identifier ses besoins et les réponses thérapeutiques

La **thérapie analytique** concerne les personnes qui, comme celles qui entrent en psychanalyse, ont besoin de comprendre ce qui se passe en elles mais tout en souhaitant un cadre moins exigeant. Cette thérapie qui se déroule en face-à-face est plus interactive et plus courte qu'une psychanalyse, puisqu'elle peut durer un à trois ans.

Les **thérapies cognitives et comportementales** s'adressent aux personnes qui veulent aller mieux ou faire disparaître un **symptôme*** qui leur gâche la vie, sans chercher à comprendre les raisons de leurs troubles. Elles s'adressent aux personnes qui veulent avancer sur un point précis avec des objectifs clairs dans un délai de six mois à un an. Elles sont indiquées dans le soin de nombreux troubles : anxiété, dépression, hyperactivité, TOC (trouble obsessionnel compulsif conduisant à répéter interminablement certains gestes ou paroles), phobies (par exemple la peur irraisonnée des lieux clos ou celle de la foule). Elles peuvent aussi avoir de bons résultats dans le traitement des toxicomanies, de troubles du comportement alimentaire et certains symptômes liés à la schizophrénie et à l'autisme. Les techniques consistent pour l'essentiel à soutenir le patient dans ses efforts progressifs pour contenir ses symptômes et faire face aux situations angoissantes. On l'habitue ainsi à se maîtriser et à surmonter son trouble. Les méthodes cognitives, associées à des exercices comportementaux, renforcent cette démarche en apprenant au patient à neutraliser les pensées négatives qui lui viennent à l'esprit.

En 2004, l'Inserm a confirmé aussi l'efficacité des **thérapies familiales et conjugales**. Ces dernières sont indiquées quand les difficultés apparaissent dans la sphère intime ou relationnelle, y compris chez ceux qui souffrent de troubles alimentaires, les enfants hyperactifs et les autistes. Elles sont particulièrement adaptées pour sortir de relations conflictuelles, faciliter la communication et les relations dans la famille ou le couple. Elles sont également conseillées pour redonner aux rapports conjugaux une dimension sexuelle perdue ou insuffisante. Le mérite de ce type de thérapie est de traiter les symptômes ressentis par un des membres quand ils sont liés au fonctionnement du groupe. Le thérapeute s'entretient avec chacun des conjoints ou l'ensemble de la famille et fait ressortir les malentendus le plus souvent issus d'erreurs de comportements ou de petits travers aisément évitables. Il permet à chacun de retrouver une relation plus harmonieuse et de désamorcer les conflits dus au manque d'attention, aux réactions involontaires, aux paroles malheureuses ou dévalorisantes...

D'autres thérapies proposent d'aller simplement vers un mieux-être général et s'adressent au plus large public sans vraiment distinguer les besoins. Ainsi, les **thérapies humanistes** ne se préoccupent pas d'un trouble particulier ni des causes profondes des actions. Elles ont pour but de permettre l'émergence de nouveaux modes de fonctionnements « plus adaptés » en développant les potentialités de la personne. Elles sont orientées vers l'ici et le maintenant tout en visant une relative autonomie de la personne devant les difficultés.

Les **thérapies par l'expression corporelle et émotionnelle** sont indiquées pour les personnes qui aspirent à un mieux-être ou ressentent un malaise dans leur corps. Ces thérapies proposent d'agir sur le corps par des techniques qui ont aussi un retentissement au niveau de l'esprit. Elles peuvent être indiquées pour les personnes victimes du stress ou pour celles qui veulent rapidement réduire leurs réactions psychosomatiques face aux situations qui les perturbent.

Reste à savoir de quels maux on souffre et à identifier clairement ses besoins. La réponse n'est pas toujours aisée et peut nécessiter de consulter un psychologue ou un psychanalyste qui fera un premier travail d'approche avant de conseiller la thérapie la plus adaptée.

Comment se déroulent les séances ?

Pour les thérapies analytiques comme pour la plupart des autres psychothérapies, l'échange verbal a lieu en face-à-face. Les séances de psychothérapie qui ne reposent pas exclusivement sur la parole, se divisent en deux temps : un moment d'échange verbal et un moment consacré aux spécificités de la thérapie : hypnose, mouvements corporels, exercices respiratoires, jeu de rôle... Toutes les thérapies font appel aux échanges verbaux même si elles ne sont pas centrées dessus. Au cours des entretiens, le patient est assis face à son thérapeute qui est plus directif que dans le cadre d'une psychanalyse. Ce dernier pose des questions et reformule les propos du patient pour l'aider à identifier ce qui se passe en lui et trouver une solution.

La plupart des thérapies proposent des séances qui durent environ une heure. La fréquence et la durée des séances varient en fonction des progrès du patient. Les séances ne sont pas dues si elles sont décommandées suffisamment à l'avance.

La première entrevue est essentielle pour établir la relation de confiance indispensable à l'élaboration d'une relation thérapeutique de qualité, selon Carl Rogers [1], fondateur de l'approche centrée sur la personne. C'est l'occasion pour le patient de poser toutes les questions qu'il souhaite sur le déroulement de la thérapie. Quelle sera la durée des séances, leur fréquence, leur coût ? Que se passe-t-il en cas d'impossibilité de se rendre à un rendez-vous ? Que faire en cas d'urgence ? Aborder toutes les questions pratiques dès la première consultation permet d'éviter bien des malentendus.

Ce premier échange permet également de jauger le thérapeute, sa disponibilité, son éthique, ses réactions en général. C'est également l'occasion de s'exprimer sur ses difficultés. Il n'y a pas de codes préétablis sur ce qui doit se dire lors d'un premier entretien. Une grande liberté est de règle, les premiers mots employés spontanément et les premiers sujets abordés ayant souvent de l'importance. Le thérapeute bienveillant aidera le patient qui a du mal à se raconter par des questions ouvertes ou en reformulant ce qu'il vient de dire. La première séance permet, également, de poser les bases du travail psychothérapeutique en ce qui concerne les éléments à aborder comme la durée totale de la thérapie.

L'un des buts de cette consultation est de permettre au patient d'évaluer sa propre réaction et la qualité de la relation établie.

Approfondissons ces différents aspects avec un professionnel.

---

1. Voir note 1 page 14.

* * *

Psychothérapies comportementales et cognitives : entretien avec Philippe Carlier[1]

⇨ *Quelles sont les différences entre thérapie analytique et thérapie comportementale et cognitive ?*

La thérapie analytique est directive, comme la thérapie comportementale et cognitive, puisque l'analyste intervient. Mais il ne le fait pas de la même façon, ni dans le même but. En effet, la thérapie analytique cherche les causes, alors que la thérapie comportementale se donne un objectif clair et précis (par exemple : « Dans six mois le patient aura dépassé sa phobie sociale »), sans forcément connaître les causes. On met le patient en situation de prendre des initiatives. Les deux dynamiques sont donc complètement différentes.

⇨ *En quoi consistent les thérapies comportementales et cognitives ?*

Au départ, les thérapies comportementales et cognitives étaient des thérapies séparées mais on s'est rendu compte qu'à la base de tout comportement « anormal », il y avait une pensée inadaptée. Ces thérapies corrigent un comportement et le mode de pensée qui y est associé. Le thérapeute pointe les comportements à améliorer et propose à son patient des exercices entre les séances afin de l'amener à se rapprocher progressivement du comportement souhaité. Il essaie également d'identifier les pensées négatives et aide le patient à les remplacer par des pensées positives. Le mécanisme cognitif est essentiel pour modifier durablement le comportement.

⇨ *À qui s'adressent-elles ?*

Les thérapies comportementales et cognitives sont particulièrement indiquées dans les situations où on a du mal à vivre le regard des autres sur soi. Elles peuvent donc modifier les comportements et les sentiments causés par

1. Philippe Carlier est le fondateur de l'Institut français de thérapie brève.

le trac, la peur, les obsessions... Elles sont également efficaces pour traiter la boulimie, l'anorexie, les insomnies, les troubles sexuels... Là encore on est sous le regard inconscient de l'autre. Par contre, je crois que les thérapies comportementales et cognitives sont contre-indiquées dans les cas de dépressions graves, de troubles maniaco-dépressifs, bref dans les troubles qui nécessitent une prise en charge médicamenteuse.

⇨ *Êtes-vous pour ou contre les traitements médicamenteux ?*

Je suis pour et contre à la fois. Le corps humain est capable de générer via le cerveau des substances équivalentes à celles qui se trouvent dans les médicaments. Ce mécanisme de fabrication naturel est forcément plus lent et plus difficile que la prise d'un cachet. Quand la situation le permet, j'essaie de créer les conditions favorables à leur production, par contre quand la prise en charge doit être urgente, j'envoie le patient chez un psychiatre.

⇨ *Quelles sont les différences entre les thérapies comportementales et cognitives et les thérapies brèves ?*

Ces thérapies tendent vers le même objectif : mettre en place un changement positif. Ce qui ne veut pas dire solutionner. Les thérapies comportementales et cognitives laissent la personne libre. Elles mettent en situation sans indiquer les outils à utiliser. La thérapie brève, elle, met en situation et donne les moyens d'action adaptés. Face à une phobie sociale, on ne va pas simplement imposer un exercice à faire, mais aider la personne à bien vivre la situation prévue. L'**hypnose éricksonienne** prend là une place importante, puisque pendant cet état de conscience modifié, le thérapeute va dissocier la situation de l'émotion qui lui est habituellement associée. De plus, il va faire diminuer le niveau de l'émotion ressentie.

En thérapie brève on ne s'attarde pas sur le passé. La personne arrive avec un « mal-être », elle doit repartir avec une perception différente de son problème afin qu'elle puisse dissocier les émotions liées au problème. Donc, prendre du recul face à sa difficulté.

➪ *Quelles sont les indications ?*

Quand les patients recherchent le changement, sans forcément avoir besoin de connaître les causes de leurs difficultés. Quand elles disent clairement qu'elles veulent juste aller mieux. C'est une indication très positive pour une thérapie brève. Les thérapies comportementales s'adressent aux personnes qui veulent changer plus ou moins rapidement, alors que les thérapies brèves concernent celles qui veulent un changement vraiment rapide.

➪ *Quels sont les outils communs ?*

L'intervention sur le mode de pensée. Quand je reçois quelqu'un qui me dit « personne ne m'aime », « je ne vaux rien », je lui dis « selon vous, combien valez-vous ? Donnez-moi un chiffre ». En entrant, il était dans un processus de pensée négatif et je le fais basculer dans un processus de pensée positif, puisque je l'oblige à se donner une valeur. Je m'attaque aux modes de pensée installés et m'efforce de renforcer de nouveaux concepts plus positifs et plus performants.

➪ *Quels sont les outils des thérapies brèves ?*

Le thérapeute a de nombreux outils d'intervention. Il peut être formé en thérapie comportementale et cognitive, en PNL, en **hypnose éricksonienne**, en EMDR, en psychobiologie (psycho-neuro-immunologie), en thérapie provocatrice... Bref, il dispose de nombreux outils thérapeutiques qu'il peut adapter au patient et aux situations. Il faut un éventail de connaissances qui permettent d'agir ou de réagir à tout moment. C'est l'adéquation des outils utilisés qui va assurer la réussite de la thérapie, puisqu'en thérapie brève le thérapeute s'engage à un résultat.

➪ *Comment se déroule une thérapie brève ?*

Elle comprend en moyenne cinq à huit séances, mais jamais plus de dix. Mais dès la première séance un changement sera en place. Les séances durent entre une heure et demie et deux heures, parfois plus. Elles sont différentes selon les patients puisque les thérapies employées ne seront pas les mêmes. Elles peuvent également se dérouler sous forme de séjours, en quelques jours seulement.

⇨ *Que faites-vous lors de la première séance ?*

Je pose trois questions essentielles. Qu'est-ce que vous souhaitez faire ? Jusqu'où êtes-vous prêt à aller ? Que feriez-vous sans vos **symptômes*** ? Ces trois questions permettent déjà de savoir si la thérapie est adaptée à la personne et si elle a déjà accédé à des solutions. Le patient est amené à exprimer les raisons qui l'ont conduit à consulter afin de fixer l'objectif de la thérapie. Si le patient veut agir sur une dizaine de choses, on va lui demander d'en faire une hiérarchie avec des priorités, ce qui est un bon moyen de pointer immédiatement l'essentiel et de relativiser ce qui a moins d'importance. Lors de la première séance, j'ai également l'habitude de faire un « parapluie ». Je pose des questions sur le présent, le passé, le futur. Je fais du yo-yo et j'apprends des choses sur la manière qu'a le patient de gérer le temps. J'essaie de découvrir d'éventuelles distorsions du temps : par exemple, une fixation sur le présent d'événements passés. J'essaie de lui montrer que le problème se situe dans le passé, que dans mon cabinet on est dans le présent et qu'une fois sorti, on est dans le futur.

⇨ *Les thérapies sont-elles vraiment différentes d'une personne à l'autre ?*

Complètement. J'ai une fois reçu dans mon cabinet deux vraies jumelles anorexiques et j'ai à tort pensé que je pourrais les traiter de la même manière. J'ai réalisé que même à pathologie égale et patrimoine génétique identique, le mode de traitement reste différent et doit impérativement être adapté à la situation et aux réactions du patient.

⇨ *Quel est le prix d'une thérapie brève ?*

Pour les enfants, c'est 20 euros. La séance ne dure qu'une demi-heure, trois quarts d'heure maximum, car l'enfant décroche très rapidement. On peut faire une thérapie brève avec un enfant à partir de 4-5 ans. On les rencontre surtout au moment des troubles de l'adolescence. La thérapie se déroule assez vite car l'enfant réalise les choses très rapidement.

Pour les adultes, le tarif est de 30 euros. Le tarif n'est pas très élevé afin que la thérapie soit accessible au plus grand nombre. Je crois qu'il n'est pas juste de la réserver à ceux qui peuvent payer plus. On ne doit pas rendre la thérapie inaccessible.

⇨ *Quelles sont les contre-indications aux thérapies brèves ?*

Il y a des personnes qui ont envie de comprendre les causes de leurs troubles. Elles ont un processus mental qu'il leur est nécessaire d'activer pour comprendre. La psychanalyse peut leur donner cela. La psychanalyse s'adresse aux personnes qui veulent comprendre pour changer ou avancer. Il arrive également qu'une fois qu'elles ont compris, elles se dirigent vers une thérapie brève. Si une personne me dit « j'ai besoin de comprendre, cela me permettrait d'avancer », alors je lui donne les coordonnées d'un analyste.

* * *

Les principales psychothérapies

⇨ L'ANALYSE TRANSACTIONNELLE

• Profil du patient

Cette thérapie s'adresse aux personnes qui connaissent des problèmes relationnels ou névrotiques.

• Fondateur

Conçue par le psychiatre canadien Éric Berne, l'analyse transactionnelle est devenue très populaire aux États-Unis dans les années 1970 et commence à s'étendre en Europe.

• Principe

Selon E. Bern, notre personnalité se compose de « trois états » :

– l'état parent (P) constitué par les comportements parentaux comme la critique, le jugement moral et l'attitude protectrice ;

– l'état adulte (A) attaché à la réalité objective et qui donne lieu à des comportements rationnels ;

– l'état enfant (E) représentant le comportement du petit enfant obéissant aux parents ou donnant libre cours à ses pulsions.

Selon les circonstances de la vie, c'est l'un de ces trois états que nous portons en nous qui prend les commandes de notre comportement.

- **Objectif**

L'analyse transactionnelle vise à résoudre nos difficultés de communication avec autrui (problèmes de compréhension, conflits, ruptures, etc.) en repérant l'état auquel nous avons recours dans nos relations humaines (relations qualifiées de « transactions »).

- **Déroulement d'une séance**

Cette méthode est pratiquée le plus souvent en groupe, notamment dans le cadre des thérapies familiales.

- **Durée d'une séance**

45 minutes.

- **Fréquence des séances**

De 1 à 2 par mois.

- **Durée moyenne de la thérapie**

De 6 mois à 3 ans.

- **Prix de la séance**

Entre 35 et 75 euros.

⇨ L'APPROCHE CENTRÉE SUR LA PERSONNE

- **Profil du patient**

Cette thérapie s'adresse aux personnes stressées, anxieuses, souffrant de mal-être ou de difficultés conjugales, de problèmes pour communiquer.

- **Fondateur**

Fondée par Carl Rogers[1] dans les années 1960, elle est également connue sous le nom de « non-directivité ».

- **Principe**

En opposition avec les méthodes qui dirigent le patient, l'« approche centrée sur la personne » est axée sur la personne plus que sur le problème ou le **symptôme***. L'entre-

1. Voir note 1 page 14.

tien y joue un rôle central, offrant au client la responsabilité de ses choix et du processus de changement (C. Rogers l'appelait le « client » pour souligner sa liberté).
Le thérapeute parle avec le patient, à travers un échange véritable. Pour faciliter l'évolution de ce dernier, le thérapeute doit adopter plusieurs attitudes :
– la compréhension empathique, consistant à se mettre à la place du client pour mieux s'imprégner de ce qu'il vit et ressent, à entrer dans son monde et à parler son langage ;
– l'**attention positive*** inconditionnelle, c'est-à-dire l'acceptation de la personne dans ce qu'elle est, sans la juger, pour l'inciter à une liberté d'expression optimale ;
– la congruence, consistant à établir une concordance entre le vécu, le ressenti et l'expression du patient et du thérapeute. Cette congruence est parfois bloquée chez le patient par des **mécanismes de défense***.

• **Objectif**
Le but est de l'aider à atteindre une plus grande maturité afin qu'il règle par lui-même ses difficultés.

• **Déroulement d'une séance**
Le thérapeute n'est plus dans une position de bienveillante neutralité, il se positionne en tant que personne. Pendant la consultation, le thérapeute s'efforce ainsi d'améliorer le dialogue par le soutien et l'encouragement, la clarification de certains points, la **reformulation*** qui consiste à redire ce que vient de dire le patient afin de le faire aller plus loin, l'aide à la prise de décision...

• **Durée d'une séance**
Les consultations se déroulent en face-à-face pendant environ 1 heure.

• **Fréquence des séances**
La fréquence est de 2 à 4 fois par mois.

• **Durée moyenne de la thérapie**
De quelques séances à 2 ans.
La durée totale d'une thérapie varie entre 10 et 50 séances.

• **Prix de la séance**
De 40 à 60 euros.

⇨ L'ART-THÉRAPIE

• Profil du patient

Cette méthode récente compte beaucoup d'adeptes. Elle est plus facile à assumer que les thérapies classiques et permet par la peinture, la musique, le théâtre, la danse, de travailler sur l'**inconscient*** de la personne sans trop en avoir l'air. En outre, l'art est un mode d'expression idéal pour ceux qui ont du mal à bien s'exprimer verbalement comme les enfants, certains malades mentaux ou les personnes souffrant de pathologies lourdes.

• Fondateur

Pour le psychanalyste anglais Donald Winnicott[1], l'art est un moyen de retrouver le sens du jeu, essentiel à l'équilibre, étouffé pendant l'enfance. Jung a lui aussi utilisé le dessin pour exprimer ses **fantasmes***.

• Principe

L'expression artistique met en jeu les mouvements émotionnels du patient. La représentation symbolique livre une partie inconsciente du ressenti, c'est un pont entre le conscient et l'inconscient.

• Objectif

Le thérapeute n'est pas ou peu directif. Son objectif est de permettre au langage inconscient de voir le jour afin que le patient puisse accéder à ce qu'il a enfoui. Le but est de favoriser la créativité du patient.

• Déroulement d'une séance

De l'art choisi va dépendre le déroulement de la séance. La danse sera le plus souvent pratiquée en séminaires le week-end alors que le dessin, la peinture ou le modelage peuvent prendre place au cours des séances au cabinet du thérapeute. Le thérapeute demande toujours au patient de commenter sa réalisation artistique en fin de séance, pour qu'il prenne conscience de ses **fantasmes*** refoulés.

• Durée d'une séance

De 1 heure à 3 heures.

---

1. Voir note 1 page 11.

• **Fréquence des séances**
De 1 à 2 par mois.

• **Durée moyenne de la thérapie**
De 1 à 3 ans.

• **Prix de la séance**
À partir de 60 euros.

⇨ LA BIOÉNERGIE

• **Profil du patient**
La bioénergie sollicite aussi bien le corps que l'esprit. Son but déclaré est de permettre au patient de « régler ses tensions internes » afin de retrouver une « nouvelle énergie vitale » qui lui permettra de jouir plus pleinement de la vie et de ses plaisirs.

• **Fondateur**
Wilhelm Reich[1], qui a travaillé avec Freud pendant une dizaine d'années, estimant que la découverte des causes d'un problème n'est pas suffisante pour faire disparaître les **symptômes*** qu'il engendre, a cherché d'autres explications. Il a inventé le concept d'« **orgone*** », énergie identifiable lors de l'orgasme et spécifique à la matière vivante. Pour lui, elle est présente partout et sa puissance est colossale. Il en est donc venu à travailler sur l'énergie corporelle plutôt que sur l'histoire personnelle des patients. Pour cela, il a conçu la « boîte à orgone ». Elle contient des matières organiques, des épaisseurs de bois et de laine. Selon Reich, elle possédait tant de pouvoirs qu'elle devait pouvoir neutraliser la radioactivité.
Dans le prolongement de ces premiers travaux sur le lien entre le corps et l'esprit, Alexander[2] a développé des techniques de « lecture thérapeutique du corps ». La **cuirasse musculaire*** et les tensions internes seraient révélées par la structure corporelle et les postures. Décrypter le « langage corporel » permet de traiter les difficultés psychiques. Pour lui « toute personne qui n'est pas fermement plantée au sol a des problèmes émotionnels » à résoudre.

---

1. Voir note 1 page 15.
2. Psychiatre et psychanalyste new-yorkais né en 1910.

- **Principe**

La bioénergie tente, par des exercices de détente physique et de décontraction musculaire, de provoquer une libération émotionnelle.

- **Objectif**

Le but est de dénouer les tensions internes du patient pour améliorer son « potentiel énergétique ». La respiration, les étirements, certaines manipulations sont au centre du travail physique. Il arrive que les exercices provoquent des réactions fortes : cris, larmes, colère... L'expression vive des émotions est parfois nécessaire pour parvenir au plein potentiel énergétique.

- **Déroulement d'une séance**

Cette thérapie peut être pratiquée en groupe comme en séances individuelles. Certains thérapeutes combinent d'ailleurs les deux approches. Les séances individuelles allient la verbalisation et les exercices corporels.

- **Durée d'une séance**

Environ 1 heure.

- **Fréquence des séances**

1 fois par semaine.

- **Durée moyenne de la thérapie**

De quelques séances à 2 ans.

- **Prix de la séance**

De 30 à 60 euros.

⇨ L'École de Palo-Alto

- **Profil du patient**

Cette thérapie concerne tous ceux qui souffrent de problèmes dans leurs rapports familiaux, professionnels ou sociaux.

- **Fondateur**

C'est Gregory Bateson [1], anthropologue anglais, qui est à l'origine de cette démarche issue de travaux menés par une

1. G. Bateson (1904-1980), anthropologue, a construit la notion de « double lien » pour expliquer la schizophrénie.

équipe de chercheurs de Palo-Alto, au sud de San Francisco en Californie. Pour Bateson, ce n'est jamais un individu qui est malade mais le système relationnel du groupe ou de la famille.

- **Principe**

Le principe central de la thérapie dite de l'« école de Palo-Alto » est de ne pas chercher à comprendre ce qui est dans l'individu mais plutôt les problèmes autour de lui, plus précisément dans le système de relations où il s'insère. Le comportement humain est envisagé comme des attitudes de communication, et les troubles de la personnalité comme des troubles de la communication.

- **Objectif**

La thérapie vise dans un premier temps à bien repérer les dysfonctionnements du contexte d'échanges, à analyser les solutions déjà essayées, puis à définir clairement le changement souhaité et à mettre en œuvre un projet de changement précis.

- **Déroulement d'une séance**

Il s'agit d'une thérapie menée au niveau du groupe ou de la famille, nécessitant en général une dizaine de séances.

- **Durée d'une séance**

Les consultations se déroulent en face-à-face pendant environ 1 heure.

- **Fréquence des séances**

La fréquence est de 2 à 4 fois par mois.
La durée totale d'une thérapie varie entre 10 et 50 séances.

- **Durée moyenne de la thérapie**

De quelques séances à 2 ans.

- **Prix de la séance**

De 40 à 60 euros.

⇨ LES THÉRAPIES CONJUGALES

- **Profil du patient**

Elles s'adressent aux couples en crise ou dont les deux membres sont dans l'insatisfaction. Elles visent la dynamique du couple plutôt que les processus psychiques individuels.

• **Fondateur**
C'est le biologiste Ludwig von Beetalanfly, qui a travaillé sur la théorie générale des systèmes, qui est le précurseur des thérapies conjugales.

• **Principe**
Les thérapies conjugales peuvent agir dans différents domaines :
– Le comportement. Le thérapeute passe avec le patient un accord visant à convenir de nouvelles attitudes. Cela peut se traduire par des exercices relationnels que le couple fait chez lui.
– La communication. La thérapie ayant alors pour fonction l'amélioration de la communication conjugale par différentes techniques variant selon les thérapeutes.
– La dynamique du couple. C'est au fonctionnement conjugal en profondeur que va s'attacher le thérapeute, aux deux inconscients en interaction permanente. La thérapie prend alors en compte les événements du présent en les replaçant dans l'histoire familiale et dans l'enfance des deux membres du couple.
– Les relations sexuelles. Elles sont au cœur de la vie du couple et peuvent être la cause ou le révélateur de difficultés conjugales.

• **Déroulement d'une séance**
Les séances durent environ 1 heure. Les patients sont en général reçus tous les deux par le thérapeute mais peuvent aussi l'être individuellement pour dénouer certaines difficultés plus rapidement. La durée totale de la thérapie dépend des difficultés. Une thérapie de couple peut se terminer après seulement cinq séances comme après plusieurs mois.

• **Durée d'une séance**
Environ 1 heure.

• **Fréquence des séances**
1 séance par mois.

• **Durée moyenne de la thérapie**
De quelques séances à 1 an.

• **Prix de la séance**
De 50 à 100 euros.

⇨ Les thérapies familiales

• **Profil du patient**
La thérapie familiale s'adresse aux familles en crise ou souffrant d'importantes tensions. Elle est également indiquée quand les souffrances d'un enfant peuvent s'expliquer par un dysfonctionnement parental ou familial. Elle peut donc être utile en cas d'échec scolaire, de crise d'adolescence particulièrement difficile, d'anorexie...

• **Fondateur**
La thérapie familiale est née aux États-Unis au cours des années 1960 en s'appuyant sur plusieurs disciplines : biologie, psychanalyse, sociologie, etc.

• **Principe**
Il n'existe pas de protocole type. Si les approches sont multiples, elles présentent toutefois un grand dénominateur commun : pour obtenir un changement sur une personne, le thérapeute va agir sur les relations des membres de la famille.

• **Déroulement d'une séance**
Les séances d'une heure se déroulent en présence de tous les membres de la famille au rythme d'une consultation par mois. La thérapie est menée par un couple de thérapeutes. À la fin de la séance, l'équipe thérapeutique donne ses conclusions à la famille et des recommandations à suivre jusqu'à la prochaine séance. Le nombre de séances nécessaires se situe habituellement entre dix et vingt.

• **Durée d'une séance**
1 heure.

• **Fréquence des séances**
1 séance par mois.

- **Durée moyenne de la thérapie**

De quelques séances à 2 ans.

- **Prix de la séance**

De 20 à 60 euros.

⇨ L'EMDR (EYE MOVEMENT DESENSITIZATION AND REPROCESSING)*

- **Profil du patient**

Cette thérapie récente vise à dépasser les souffrances liées à des traumatismes lourds vécus dans le passé comme les viols, les deuils, les accidents, les agressions, les chocs émotionnels sévères. Cet objectif est commun à la psychanalyse freudienne et à diverses psychothérapies, mais l'EMDR présente la singularité de proposer aux patients de l'atteindre par des exercices de mouvement des yeux.

- **Fondateur**

Cette technique, fondée dans les années 1980 par Francine Shapiro[1], est employée dans le traitement des stress post-traumatiques.

- **Principe**

Les événements très douloureux laissent dans notre cerveau des traces profondes. Quand le patient se remémore ce qu'il a ressenti, le choc émotionnel inscrit dans le cerveau peut être visualisé sous scanner.

- **Objectif**

L'EMDR fait disparaître cette trace et les **symptômes*** douloureux. Elle libère les traumatismes de leur poids émotionnel, permet une interprétation plus actuelle de ce qui s'est passé et au système naturel d'autoguérison de faire ce qu'il n'avait pas réussi à faire jusqu'alors.

- **Déroulement d'une séance**

Pendant la consultation, il est demandé au patient de se remémorer son passé douloureux et simultanément d'effectuer des séries brèves de mouvements oculaires. Cet

1. F. Shapiro, psychologue américaine, est présidente de l'EMDR-Institute en Californie.

exercice ne cesse que lorsque les émotions ressenties par le patient se sont calmées, ce qui dure entre 30 secondes et quelques minutes. Selon les spécialistes, il suffit d'une à cinq séances pour en ressentir les effets.

• **Durée d'une séance**
De 1 à 2 heures.

• **Fréquence des séances**
1 fois par semaine.

• **Durée moyenne de la thérapie**
10 séances maximum.

• **Prix de la séance**
De 50 à 70 euros.

⇨ La gestalt-thérapie

• **Profil du patient**
Elle est conseillée pour toutes sortes de difficultés : timidité, problèmes familiaux ou affectifs, anxiété, difficultés sexuelles...

• **Fondateur**
La gestalt-thérapie a été fondée en 1950 par le neuropsychiatre et psychanalyste allemand Friedrich Perls. À la fois thérapeutique et philosophique, elle envisage l'individu comme un tout qui ne se réduit pas à la somme de ses parties. D'ailleurs le terme allemand « *Gestalt* », qui signifie « forme », renvoie à ce tout irréductible où l'individu est approché sans dissocier les différents éléments de sa personnalité et dans le contexte global où ils s'intègrent.

• **Principe**
Elle met l'accent sur le processus en cours « ici et maintenant ». Le thérapeute ne recherche pas les causes du mal-être, mais tente d'amener le patient à comprendre comment il fonctionne. Cette découverte se fait par la prise de conscience du ressenti émotionnel et du vécu psychique. Le thérapeute recentre donc toujours son patient sur ce qu'il ressent dans l'instant.

• **Objectif**
Pour Friedrich Perls, la *gestalt* inachevée est une notion-clé

de la thérapie. L'homme a des besoins respiratoires, alimentaires, sexuels, etc., créant une tension qu'il doit satisfaire en rentrant en relation avec l'environnement. La satisfaction de ces besoins permet à l'homme de trouver le repos, Perls parle alors de « gestalt achevée ». Au contraire, si la satisfaction ne peut être atteinte, la gestalt est inachevée et la tension demeure. Les personnes névrosées sont bloquées à ce stade d'inachèvement. En faisant descendre le patient plus profondément dans ses sentiments, la gestalt-thérapie vise à faire découvrir les points problématiques où la personne doit déployer son propre potentiel.

• **Déroulement d'une séance**
C'est une thérapie psycho-corporelle qui utilise le jeu. Elle est assez proche du **psychodrame***, mais le patient y joue tous les rôles. Matériellement, des chaises sont utilisées pour représenter les différentes personnes du drame, le patient jouant les différents rôles en passant d'une chaise à l'autre. Le thérapeute attire l'attention du patient sur ce qui émerge d'important, les **lapsus***, les actes involontaires, les variations de la voix... Il va repérer les gestalt inachevées et aider le patient à prendre conscience des flux permanents entre le corps et le psychisme.

• **Durée d'une séance**
Une séance dure de 30 à 45 minutes, elle peut être pratiquée en groupe ou en consultation individuelle.

• **Fréquence des séances**
1 fois par semaine.

• **Durée moyenne de la thérapie**
De quelques séances à 3 ans.

• **Prix de la séance**
De 35 à 70 euros.

⇨ L'HYPNOSE

• **Profil du patient**
L'hypnose permet de se libérer de certaines dépendances ou de mauvaises habitudes. Elle est également utilisée pour lutter contre le stress, l'anxiété, les phobies et, dans le cadre

de certaines interventions chirurgicales, pour supprimer la douleur. L'hypnose est également préconisée pour lutter contre la dépendance tabagique ou alcoolique. Certains professionnels utilisent des « **suggestions*** post-hypnotiques », c'est-à-dire des ordres donnés au patient sous hypnose ou des associations d'idées comme alcool-nausée, tabac-déplaisir, etc. Ces associations s'impriment dans l'esprit plus facilement en état hypnotique, et le patient les conserve inconsciemment à l'esprit après le réveil.

• **Fondateur**

L'hypnose a d'abord été utilisée par Jean Martin Charcot[1] sur des « hystériques », puis par Freud pour sonder l'**inconscient***. Mais le père de la psychanalyse s'en est finalement détourné, la jugeant inefficace pour soigner les patients qui, en état hypnotique, ne disposent pas d'une conscience assez éveillée pour s'emparer des matériaux de l'inconscient remontant en surface.

La seconde école, celle d'Erickson[2], est la technique actuellement utilisée. Aux yeux de Milton Erickson, l'hypnose n'endort pas les possibilités thérapeutiques que le patient porte en lui. Il conçoit l'hypnose comme un état de relaxation profonde durant lequel le patient est actif. Le thérapeute va alors utiliser des métaphores, des symboles pour solliciter l'inconscient du **sujet***. Il amène son patient à rechercher en lui des ressources et les solutions à ses problèmes.

• **Principe**

L'état hypnotique se situe entre la veille et le sommeil. Cet état de grande réceptivité est obtenu par des techniques de **suggestion***, mais contrairement aux idées reçues, le thérapeute ne peut exercer sur le patient un pouvoir abusif qui irait à l'encontre de sa moralité car la conscience de celui-ci reste en partie active. Les suggestions du thérapeute ne sont suivies par le patient que s'il est en accord avec elles.

• **Objectif**

Cette thérapie vise à réduire des troubles très variés :

1. J. M. Charcot (1825-1893), neurologue français.
2. M. Erickson (1901-1980), psychiatre et psychologue américain.

angoisses, anxiété, dépression, douleurs... mais aussi à développer les facultés intellectuelles ou intuitives, la créativité, certains désirs, etc.

• **Déroulement d'une séance**
On provoque l'hypnose par des formules verbales et gestuelles suggérant l'endormissement pendant que le patient fixe des yeux un objet (brillant, tournant ou oscillant) ou plonge son regard dans celui du thérapeute. L'hypnose peut être employée seule ou bien combinée avec d'autres formes de thérapies, comme la **programmation neurolinguistique (PNL)** ou les **thérapies comportementales et cognitives**, notamment dans le cadre de thérapies brèves.

• **Durée d'une séance**
Environ 1 heure.

• **Fréquence des séances**
1 consultation par semaine.

• **Durée moyenne de la thérapie**
De 1 à 6 mois.

• **Prix de la séance**
De 50 à 100 euros.

⇨ La programmation neurolinguistique (PNL)

• **Profil du patient**
Il s'agit d'une thérapie brève visant à gérer le stress et l'anxiété, réduire les dépendances, améliorer les relations professionnelles et conjugales... La PNL agit sur le comportement avant d'identifier ses causes. Cette thérapie se veut orientée vers la solution. La PNL a pour but d'améliorer la communication et de reprogrammer le cerveau.

• **Fondateur**
Pour élaborer leur thérapie, Richard Bandler et John Grinder[1] ont observé des personnes douées dans les domaines liés à la communication (langues, négociation...) afin de cerner les raisons comportementales de leur succès.

---

1. R. Bandler, mathématicien et psychothérapeute, a mis au point la PNL en 1972, avec J. Grinder aux États-Unis.

• **Principe**
La PNL interroge l'**inconscient*** par l'**hypnose ericksonnienne** (voir page 68) et met au jour les mécanismes mentaux du patient ainsi que les éventuelles anomalies que révèle son langage.
On estime que le patient, en prenant conscience des distorsions de ses modes de fonctionnement, peut les reprogrammer en établissant ses propres modèles de réussite. Les distorsions sont en quelque sorte de mauvaises habitudes, des mécanismes inadaptés ou inefficaces.

• **Objectif**
La PNL permet au patient de trouver en lui d'autres moyens d'agir plus performants et de les mettre en place à bon escient.

• **Déroulement d'une séance**
Lors des premières séances, le patient est amené à réfléchir sur ce qu'il souhaiterait changer et il fixe avec le thérapeute un objectif.
Certains patients atteignent leurs objectifs en quelques séances. Généralement pratiquée en séance individuelle, elle peut aussi se dérouler en groupe.

• **Durée d'une séance**
Environ 1 heure.

• **Fréquence des séances**
1 consultation par semaine ou par mois.

• **Durée moyenne de la thérapie**
Une PNL complète s'étend en moyenne sur 1 à 2 ans.

• **Prix de la séance**
De 45 à 70 euros.

⇨ LE PSYCHODRAME

• **Profil du patient**
Cette thérapie fondée sur le jeu théâtral s'adresse à tous et particulièrement aux enfants, car sa forme est pour eux très attractive. Cette thérapie permet aussi de prendre conscience des rôles que nous jouons dans la vie et d'en inventer de nouveaux.

• Fondateur
Jacob Levy Moreno[1], psychosociologue américain d'origine roumaine, a d'abord créé à Vienne le théâtre de la spontanéité où l'on jouait les nouvelles du jour. Constatant que « les scènes de théâtre font disparaître les scènes de ménage », Moreno en fera une thérapie dont le principe est celui du jeu qui déjoue la censure de l'inconscient, notamment en privilégiant la spontanéité. Élaboré dans les années 1930, le psychodrame sera présenté en France à l'hôpital Sainte-Anne en 1954.

• Principe
La théorie du psychodrame confirme la puissance **cathartique*** du théâtre dont parlait déjà Aristote, trois siècles avant notre ère, à la différence près que le psychodrame fait intervenir les patients en tant qu'acteurs. Le thérapeute fait office de metteur en scène.

• Objectif
Jouer des situations ou des conflits pour mieux les dépasser, exprimer nos émotions et nos inhibitions, prendre conscience de nos comportements pour s'en libérer...

• Déroulement d'une séance
Sur cette base est né le psychodrame d'inspiration analytique (freudien) qui se déroule en séances individuelles avec deux thérapeutes ou bien en groupe.

• Durée d'une séance de groupe
45 minutes.

• Fréquence des séances
1 à 2 séances par semaine.

• Durée moyenne de la thérapie
Environ 1 an.

• Prix de la séance
Entre 20 et 60 euros.

1. J. L. Moreno (1892-1974).

⇨ La sophrologie

• Profil du patient

Elle sert sur le plan médical à réduire l'appréhension et la douleur. Elle aide à rééduquer les victimes d'accidents. Elle permet aussi de lutter contre les troubles du sommeil, le trac, les phobies... Plus largement, la sophrologie est une méthode de relaxation.

• Fondateur

Inspirée des techniques de relaxation orientales, elle est à mi-chemin entre le yoga et l'hypnose. Elle a été fondée dans les années 1960 par un psychiatre espagnol, Alfonso Caycedo, suite à des recherches pratiquées sur les états de **conscience modifiés***. C'est une relaxation dite dynamique car, outre la détente qu'elle occasionne, elle permet de travailler en douceur sur le mental et notamment sur un objectif précis. Pour son fondateur, cette technique permet d'avoir une meilleure qualité de vie.

• Objectif

La sophrologie est une thérapie qui vise à favoriser l'équilibre corps-esprit.

• Principe

Après avoir défini la problématique du patient, le sophrologue propose à ce dernier un exercice adapté qui sera pratiqué en début de séance. Puis, le thérapeute amène le patient par la perception de sensations corporelles à entrer dans un état de relaxation dit « sophronique ». Cet état est favorable à l'émergence de l'inconscient et va permettre au sophrologue de travailler sur le mental, par la visualisation d'images positives, d'objectifs précis...

• Déroulement d'une séance

La séance, qui dure trois quarts d'heure, s'achève par une discussion au cours de laquelle le patient est amené à verbaliser le ressenti vécu en séance.

• Durée d'une séance

Environ 1 heure (mais peut durer jusqu'à 2 heures).

• Fréquence des séances

1 fois par semaine.

• Durée moyenne de la thérapie
De quelques séances à 1 an.

• Prix de la séance
De 30 à 50 euros.

⇨ *REBIRTHING*

• Profil du patient
Cette thérapie n'est pas adaptée aux personnes souffrant de troubles importants, mais elle permet à ceux qui sont en quête de mieux-être d'aller mieux !

• Fondateur
Son fondateur, Leonard Orr[1], est parti de l'idée selon laquelle nos pensées sont responsables de notre état général. Si elles sont trop négatives, elles génèrent une vision sombre de la vie. Selon lui, nos visions négatives ont trois responsables : le traumatisme de la naissance, la désapprobation parentale et le désir inconscient de mort.

• Principe
Cette thérapie repose sur la respiration, met au jour des souvenirs enfouis, refoulés ou des blocages émotionnels et « positive » les pensées.

• Objectif
On peut se libérer des « pensées négatives » par des techniques respiratoires appropriées faisant émerger des émotions refoulées et par une verbalisation efficace.

• Déroulement d'une séance
Le patient est allongé, les yeux fermés dans une semi-obscurité. Pendant trois quarts d'heure, le thérapeute dirige les exercices de respiration. Quand les émotions surgissent, le patient est invité à les exprimer, puis il reprend les exercices.

• Durée d'une séance
Entre 1 heure et 1 heure et demie.

1. L. Orr, éducateur social et consultant aux États-Unis a conçu le rebirthing au cours des années 1960.

- **Fréquence des séances**

De 1 à 4 fois par semaine.

- **Durée moyenne de la thérapie**

Au moins 10 séances.

- **Prix de la séance**

Entre 50 et 80 euros.

⇨ LE RÊVE ÉVEILLÉ DIRIGÉ

- **Profil du patient**

Cette thérapie est indiquée pour les personnes qui souffrent de **névroses***, de manifestations psychosomatiques, de difficultés existentielles ou relationnelles. Elle alterne séances de rêve éveillé verbalisées et séances de thérapie classique.

- **Fondateur**

Robert Desoille[1] a fondé les principes de cette thérapie sur l'idée que l'imaginaire, s'exprimant dans les rêveries et à travers des symboles proches de ceux des contes et des mythologies, est une voie d'accès à la vie affective.

- **Principe**

Sur le plan thérapeutique, le rêve éveillé est un médiateur entre le patient et le thérapeute, ce qui limite les effets du **transfert***. Le thérapeute est plutôt le compagnon de route du voyageur imaginaire.

- **Objectif**

Le but est de permettre au patient de faire le lien entre l'inconscient* et le ressenti, pour y donner un sens.

- **Déroulement d'une séance**

Lors des premières séances le patient exprime en face-à-face ce qui le gêne et il raconte son histoire. Puis viennent les séances de rêve éveillé au cours desquelles il est allongé, les yeux fermés, invité à se détendre et à s'abandonner à ses songes. Il doit raconter ce qu'il imagine, le passage des

1. R. Desoille (1890-1960), psychothérapeute, a découvert que certaines techniques suscitent des rêves et peuvent être utilisées pour soigner des névroses.

images aux mots permettant la prise de conscience. La technique du rêve éveillé est indissociable de sa mise en mots et des **suggestions*** du thérapeute qui offrent des orientations au « rêveur ». Cette technique permet au patient de progresser dans la connaissance qu'il a de lui-même et donc dans la résolution de ses conflits intérieurs.

- **Durée d'une séance**

Environ 1 heure.

- **Fréquence des séances**

1 séance par semaine.

- **Durée moyenne de la thérapie**

Entre 2 et 4 ans.

- **Prix de la séance**

Entre 60 et 100 euros.

⇨ LA THÉRAPIE PRIMALE

- **Profil du patient**

Elle s'adresse aux personnes souffrant de **névroses***, d'anxiété ou de dépression. Les thérapeutes employant cette méthode déclarent qu'elle soigne également les dépendances et l'insomnie.

- **Fondateur**

Cette thérapie, fondée par Arthur Janov[1], part de l'hypothèse que les problèmes présents ont leur source dans les souffrances de l'enfance. Quand la douleur devient trop forte, l'enfant pour la supporter préfère s'en couper en basculant dans la névrose.

- **Principe**

La thérapie primale se centre pour cela sur des événements ayant l'apparence de la banalité mais provoquant, chez le patient, des réactions inadaptées.

- **Objectif**

La thérapie primale a pour ambition de débusquer les causes du mal-être dans l'inconscient.

---

1. A. Janov a mis au point cette méthode à la fin des années 1960 en Californie.

• **Déroulement d'une séance**
Ces explications font évidemment songer à la psychanalyse freudienne, mais la thérapie primale présente des aspects originaux. Tout d'abord, elle commence par une procédure d'admission qui prend la forme de la rédaction d'un document dans lequel le patient raconte son histoire, ses difficultés et précise les raisons qui l'incitent à entamer cette thérapie. Puis un stage obligatoire de trois semaines est organisé, au cours duquel il est coupé du monde puisqu'il n'a ni télé, ni téléphone, ni lecture. Il suit alors quinze séances d'environ deux heures et quelques séances de groupe. Le **transfert*** n'est pas utilisé, le patient est invité à jouer son rôle et celui de ses parents. Il doit également retrouver les souvenirs douloureux avec le soutien du thérapeute, pour entrer en relation avec cet inconscient qui le fait souffrir. Cette confrontation doit donner lieu à une prise de conscience, laquelle s'accompagnera souvent d'un cri qui est censé libérer le patient. Après ce stage, le patient est suivi pendant environ deux ans pour confirmer les résultats.

• **Durée d'une séance**
2 heures.

• **Fréquence des séances**
Une quinzaine de séances.

• **Durée moyenne de la thérapie**
Stage de 3 semaines, puis 2 ans de suivi thérapeutique.

• **Prix de la séance**
Entre 40 et 80 euros.

⇨ LES THÉRAPIES COMPORTEMENTALES ET COGNITIVES

• **Profil du patient**
Elles traitent l'anxiété, les phobies, la dépression, les troubles obsessionnels compulsifs, les problèmes sexuels ou conjugaux... Elles consistent à apprendre de nouveaux comportements, de nouvelles manières de penser pour supprimer les troubles gênants.

• Fondateur

Elles reposent sur les théories du fonctionnement et de l'apprentissage que Pavlov a mis au jour pour les conditionnements physiques. Prolongeant ces recherches, Burrhus F. Skinner[1] a montré que l'on apprend un comportement en fonction des conséquences qu'il entraîne. C'est le « conditionnement opérant ». Les comportements traités concernent les manifestations observables dites « ouvertes » comme les actions verbales ou motrices et les comportements « couverts » que sont les pensées, les croyances, les émotions, bref tout ce qui touche la **cognition***.

• Principe

Les thérapies cognitives font aujourd'hui partie intégrante des thérapies comportementales. Elles s'attachent tout particulièrement à mettre en lumière les schémas mentaux acquis qui orientent la manière dont nous traitons les informations. Les thérapies cognitives travaillent sur le remplacement des pensées négatives par des pensées positives. Or, la modification des pensées permet de changer plus efficacement les comportements. Ce qui explique l'actuelle fusion entre thérapies comportementales et cognitives. La pensée et les comportements étant indissociables, une approche thérapeutique prenant en compte leurs interactions est plus efficace. En outre, les conditionnements étant aussi bien comportementaux que cognitifs, il est utile de travailler sur les deux niveaux. La thérapie comportementale et cognitive agit sur les modes de pensée, les croyances et les émotions pour modifier les comportements.

• Déroulement d'une séance

Ces thérapies ne sont pas centrées sur le « pourquoi » des **symptômes*** embarrassants, mais plutôt sur « comment » ne plus les ressentir. Le thérapeute joue un rôle actif et directif puisqu'il va guider le patient pendant la séance et lui donner des exercices à faire entre les consultations. La thérapie combine des exercices de modification des pensées automatiques, d'affirmation de soi, de déconditionnement

1. B.F. Skinner (1904-1990), psychologue et psycholinguiste américain.

de certains comportements, de renforcement ou d'apprentissage d'autres... Le thérapeute choisira des techniques adaptées à son patient et à ses troubles, il n'y a pas de procédure automatique.

- **Durée d'une séance**

30 minutes.

- **Fréquence des séances**

Au moins 1 par semaine.

- **Durée moyenne de la thérapie**

6 mois.

- **Prix de la séance**

30 à 40 euros.

ANNEXES

Charte mondiale pour les personnes en psychothérapie [1]

1 – Droit à la dignité et au respect

Quelle que soit sa demande ou son état psychique, la personne en psychothérapie a droit au respect, à la dignité et à l'intégrité de sa personne physique et mentale, sans discrimination d'aucune sorte.

2 – Droit au libre choix

La personne en psychothérapie a le droit de choisir librement sa méthode et son psychothérapeute et de modifier ce choix, si elle l'estime nécessaire.

3 – Droit à l'information

La personne en psychothérapie a le droit de connaître la (ou les) méthode(s) employée(s) par le psychothérapeute, ainsi que sa qualification, sa formation et son affiliation professionnelle.

4 – Conditions de la thérapie

Les conditions de la thérapie doivent être précisées avant tout engagement : les modalités (verbale, émotionnelle, corporelle...), la durée et la fréquence des séances, la durée présumée du traitement et ses conditions de prolongation ou d'arrêt, le coût financier (honoraires, prise en charge

1. Charte élaborée par la Fédération française de psychothérapie (FFDP) à l'occasion de ses états généraux, en 2001.

éventuelle, conditions d'assurance, règlement des séances manquées).

5 – Droit à la confidentialité

Le psychothérapeute doit s'engager, auprès de la personne en thérapie, au secret professionnel absolu, concernant tout ce qui lui est confié au cours de la thérapie.

Cette confidentialité est une condition indispensable à la relation thérapeutique.

Elle est limitée par les dispositions légales en vigueur.

6 – Engagement déontologique du psychothérapeute

Le praticien est tenu de respecter le code de déontologie de son organisme professionnel de référence. Ce code est communiqué sur simple demande.

Le psychothérapeute est dans l'obligation d'assumer ses responsabilités : il doit s'engager à ne pas utiliser la confiance établie à des fins de manipulation politique, sectaire ou personnelle (dépendance émotionnelle, intérêts économiques, relations sexuelles...).

7 – Procédure de doléance

En cas de plainte ou de réclamation, la personne en psychothérapie peut s'adresser à des organismes professionnels de recours ou à la Justice.

Le titre de « psychothérapeute »

Article 52 de la loi n° 2004-806 du 9 août 2004 relative à la politique de santé publique : « L'usage du titre de psychothérapeute est réservé aux professionnels inscrits au registre national des psychothérapeutes. L'inscription est enregistrée sur une liste dressée par le représentant de l'État dans le département de leur résidence professionnelle. Elle est tenue à jour, mise à la disposition du public et publiée régulièrement. Cette liste mentionne les formations suivies par le professionnel. En cas de transfert de la résidence professionnelle dans un autre département, une nouvelle inscription est obligatoire. La même obligation s'impose aux personnes qui, après deux ans d'interruption, veulent à nouveau faire usage du titre de psychothérapeute. L'inscription sur la liste visée à l'alinéa précédent est de droit pour les titulaires d'un diplôme de docteur en médecine, les personnes autorisées à faire usage du titre de psychologue dans les conditions définies par l'article 44 de la loi n° 85-772 du 25 juillet 1985 portant diverses dispositions d'ordre social et les psychanalystes régulièrement enregistrés dans les annuaires de leurs associations. Un décret en Conseil d'État précise les modalités d'application du présent article et les conditions de formation théoriques et pratiques en psychopathologie clinique que doivent remplir les personnes visées aux deuxième et troisième alinéas ».

Adresses utiles

Art-thérapie
Art et thérapie
23, rue Boyer, 75020 Paris
Tél. et fax : 01 46 36 12 12
www.art-et-therapie.org

Approche centrée sur la personne
Association française de psychothérapie dans l'approche centrée sur la personne
9, rue Dupin, 75006 Paris Cedex 06
Tél. : 01 64 48 88 27

Bioénergie
Société française d'analyse bioénergétique
7 bis, rue Popincourt, 75011 Paris
Tél. et fax : 01 43 55 62 05
www.ifrance.com/sfabe/

Gestalt-thérapie
Société française de gestalt
21, rue du Faubourg-Saint-Antoine, 75011 Paris
Tél. et fax : 01 43 07 78 00
www.gestalt.asso.fr

Hypnose
Institut Milton – H. Erickson de Paris
27, rue de Fourcroy, 75017 Paris
Tél. : 01 39 16 17 72
www.merickson-paris.asso.fr

PNL
Association française de PNL
2, square Vermenouze, 75005 Paris
Tél. : 01 43 36 51 32

Institut français de PNL
21, rue Sébastien-Mercier, 75015 Paris
Tél. : 0 810 810 804
www.ifpnl.fr

Psychodrame
Institut français d'analyse de groupe et de psychodrame
12, rue Émile-Deutsh-de-la-Meurthe, 75014 Paris
Tél. : 01 45 88 23 22

Psychanalyses et psychothérapies
Association fédérative française des organismes de psychothérapie (AFFOP)
6, rue Beauregard, 75002 Paris
Tél. et fax : 01 42 36 91 44
www.affop.org

Association française de psychanalyse et de psychothérapie analytique
19, rue Fabre-d'Églantine, 75012 Paris
Tél. : 01 43 46 75 26
www.psychanalyse.asso.fr

Association lacanienne internationale
25, rue de Lille, 75007 Paris
Tél. : 01 42 60 14 43
www.freud-lacan.com

Association psychanalytique de France
24, place Dauphine, 75001 Paris
Tél. : 01 43 29 85 11
www.associationpsychanalytiquedefrance.org

Fédération française de psychothérapie
2 bis, rue Scheffer, 75116 Paris
Tél. : 01 44 05 95 50
www.psychotherapie.asso.fr

Groupe d'études C.G. Jung
5, rue des Suisses, 75014 Paris
Tél. : 01 43 21 42 90
www.jung.asso.fr

Société française de psychologie analytique et Institut Jung
13, rue Ganneron, 75018 Paris
Tél. : 01 42 93 52 60
www.sfpa.asso.fr

Thérapies Conseils
16, passage Gambetta, 75020 Paris
Tél. : 01 42 52 22 99
www.membres.lycos.fr/psycho

Rebirthing
Association française de *rebirthing*
70, rue de l'Assomption, 75016 Paris
Tél. : 01 45 20 07 11

Rêve éveillé
Fondation Robert Desoille
9, rue Franquet, 75005 Paris
Tél. : 01 45 32 78 78

Sophrologie
Société française de sophrologie
3, boulevard Garibaldi, 75015 Paris
Tél. : 01 40 56 94 95
www.sophrologie.com/sfs

Thérapie brève
Institut français de thérapie brève
6, allée Antoine-Bos, 19100 Brive-la-Gaillarde
Tél. : 05 55 92 16 28
www.institut-therapie-breve.org/

Thérapie comportementale et cognitive
Association française de thérapie comportementale et cognitive (AFTCC)
100, rue de la Santé, 75674 Paris Cedex 14
Tél. : 01 45 88 78 60
www.aftcc.org/

Association francophone de formation et de recherche en thérapie comportementale et cognitive (AFFORTHEC)
10, avenue Gantin, 74150 Rumilly
Tél. : 04 50 64 51 75
www.affortbecc.com

Thérapie conjugale
Association française des centres de consultation conjugale (AFCCC)
44, rue Danton, 94270 Le Kremlin-Bicêtre
Tél. : 01 46 70 88 44
www.afccc.fr/

Thérapie familiale
Centre d'étude clinique et de communication familiale (CECCOF)
96, avenue de la République, 75011 Paris
Tél. : 01 48 05 04 04

Centre d'étude de la famille (CEFA)
95, boulevard Saint-Michel, 75005 Paris
Tél. : 01 43 54 98 84

Société française de thérapie familiale psychanalytique
154, rue d'Alésia, 75014 Paris
Tél. : 01 45 40 08 10
www.psychanalyse-famille.org/

Bibliographie

Pour découvrir Sigmund Freud
L'Interprétation des rêves, S. Freud, PUF, 1967.
Abrégé de psychanalyse, S. Freud, PUF, 1975.
La Naissance de la psychanalyse, S. Freud, PUF, 1996.
Freud et l'inconscient, Marie-Jean Sautet, Les essentiels Milan, 1999.
Introduction à la psychanalyse, S. Freud, Payot, 1999.
Lire Freud, Jean-Michel Quinodoz, PUF, 2004.

Pour pénétrer l'œuvre de Carl Gustav Jung
L'Homme à la découverte de son âme, C.G. Jung, Albin Michel, 1987.
Ma vie, C.G. Jung, Gallimard, 1991.
L'Homme et ses symboles, C.G. Jung, Robert Laffont, 1998.
Introduction à la psychologie de Jung, Frieda Fordham, Imago, 2003.
Jung, Christian Gallimard, PUF, 2004.

Pour s'initier à Jacques Lacan
Vies et légendes de Jacques Lacan, Catherine Clément, Grasset, 1981.
Le Séminaire, J. Lacan, Seuil, 1981.
Lacan, Alain Vanier, Les Belles-Lettres, 1998.
Écrits, J. Lacan, Seuil, 1999.
Cinq leçons sur la théorie de Jacques Lacan, J.D. Nasio, Payot, 2001.
Jacques Lacan, la loi, le sujet et la jouissance, Franck Chaumon, Michalon Éditions, 2004.

Pour découvrir les grandes psychothérapies
L'École de Palo-Alto, Edmond Marc et Dominique Picard, Retz, 1983.

L'Aventure de la sophrologie, Alfonso Caycedo, Retz, 1984.
L'Hypnose thérapeutique, Milton Erikson, ESF, 1986.
La Thérapie familiale psychanalytique, Thérapie psychanalytique du couple, Alberto Eiguer, Dunod, 1997.
Stratégie de la thérapie brève, Paul Watzlawick et Gorgio Nardone, Seuil, 2000.
Enseignement de 7 concepts cruciaux de la psychanalyse, J.D. Nasio, Payot, 2001.
Guérir après Freud, Chartier, Dunod, 2003.
Les Thérapies cognitives, Jean Cottraux, Retz, 2004.

Les guides pratiques

Les Triomphes de la psychanalyse, Pierre Daco, Marabout, 1990.
La Psychanalyse, Christiane Alberti et Marie Jean Sautet, Milan, 1996.
Le Silence en psychanalyse, J.D. Nasio, Payot, 1998.
Les Métiers de la psy, Marie-Laure Uberti, Rebondir, 2000.
Le Travail psychanalytique, André Green, PUF, 2003.
La Psychanalyse au banc d'essai. Qui guérit-elle, que guérit-elle ? A.M. Blanchet, Pierre Dangle, 1999.
Le Guide pratique des psychothérapies, Edmond Marc, Retz, 2000.
À quel psy se vouer ? Mony Elkaim, Seuil, 2003.
Comment bien choisir son psy ? Sylvie et Pierre Angel, LGF, 2000.
Comment choisir son psychothérapeute ? Martine Maurer, Hommes Perspectives, 2001.
Qu'est-ce qui guérit dans la psychothérapie ?, Pierre Fedida et Dominique Lecourt, PUF, 2001.
Dictionnaire de la psychanalyse, Bernard Vandermersch et Roland Chemama, Larousse, 2003.
Jusqu'où la psychiatrie peut-elle soigner ?, Marie-Christine Hardy-Baylé, Odile Jacob, 2003.
La Psychanalyse sans complexe, Jean-Claude Liaudet, J'ai lu, 2003.
La Psychothérapie, Bernard Brusset, PUF, 2003.
Tout est psy, Philippe Wallon, Éditions du Rocher, 2004.
Psychanalyse, psychothérapie : quelles différences ? Pierre Marie, Aubier, 2004.

Glossaire

Actes manqués : actes étonnants, imprévus, décalés par rapport à ce que le **sujet*** s'apprêtait à faire. Ils sont une porte vers l'inconscient. Leur explicitation permet de décoder le langage inconscient.

Anal (stade) : l'enfant découvre l'usage de ses sphincters anal et urinaire. Cela a lieu entre deux et quatre ans et concerne les plaisirs liés à l'expulsion et à la rétention pour plaire ou déplaire d'abord à la mère. Ce stade, selon Freud, conditionne en partie les rapports futurs aux autres.

Anima/animus : l'anima est la part féminine inconsciente présente chez l'homme, selon Jung. L'animus est l'ensemble des représentations masculines inconsciemment intériorisé par la femme.

Archétypes : images archaïques et universelles qui apparaissent de manière symbolique dans les rêves et dans les mythes. Ils constituent l'inconscient **collectif***.

Association libre : méthode psychanalytique selon laquelle l'analysant doit exprimer tout ce qui lui passe par la tête, sans rien rejeter. C'est le lien spontané entre les pensées qui révèle les éléments inconscients.

Attention positive : attitude du thérapeute qui écoute le patient sans le juger, en l'acceptant tel qu'il est. Cette relation d'écoute, conceptualisée par Carl Rogers, va permettre au patient de s'exprimer pleinement et librement.

Autre : Lacan définit le grand Autre avec un A majuscule et le petit autre avec un a minuscule. Le premier est le lieu symbolique qui détermine le sujet* par rapport aux autres et par rapport à son désir. Le second est l'autre symbolique, l'image que l'on a de soi d'une certaine manière.

Ça : lieu où s'affrontent les pulsions. Cette instance psychique est totalement inconsciente. Ce qui n'est pas le cas du moi et du surmoi qui ne le sont que partiellement.

Castration : le complexe de castration est dû pour Freud à l'absence du pénis chez la fille et à la crainte inconsciente de sa perte chez le petit garçon.

Catharsis : opération par laquelle l'esprit se purifie des passions qui l'animent.

Cognition : processus par lequel un organisme acquiert la conscience des événements et objets de son environnement.

Conscience modifiée (états de) : tous états changés par des substances chimiques ou des techniques (hypnose, relaxation...).

Cuirasse musculaire : ensemble d'habitudes ou d'états d'esprit concourant à refouler les émotions par des tensions physiques.

Défense (mécanisme de) : l'individu confronté à une pulsion qu'il ne peut supporter, la refoule dans l'**inconscient*** pour se protéger. Le refoulement est le mécanisme de défense par excellence pour Freud, il en existe d'autres comme la projection, la **sublimation***...

Écoute flottante : règle psychanalytique selon laquelle l'analyste doit écouter son patient sans privilégier d'éléments et être en même temps attentif à ce qui se passe en lui, à son activité inconsciente.

Fantasmes : représentation ou scénario imaginaire conscient qui met en scène un désir. Le fantasme est différent du phantasme en ce que ce dernier n'est pas conscient.

Imaginaire : pour Lacan il est associé au **réel*** et au symbolique. Il se définit comme le lieu du moi par excellence avec ce que cela comporte de fausses représentations. Il se traduit donc par une relation duelle à l'image de soi.

Inconscient : ensemble des mécanismes mentaux qui ne sont pas accessibles à la conscience. Cette instance psychique est constituée d'éléments pulsionnels refoulés.

Inconscient collectif : pour Jung, chacun porte en lui un patrimoine inconscient commun à toute l'humanité.

Lapsus : mot qui surgit spontanément de la bouche donnant un autre sens à ce que la personne s'apprêtait à dire. Il trahit le désir inconscient du sujet.

Libido : énergie sexuelle. Elle comprend la sexualité humaine de l'enfance à la vie adulte et ses répercussions sur le psychisme.

Miroir (stade) : stade où l'enfant prend conscience de son unité corporelle en s'identifiant dans le miroir.

Moi : siège de la conscience, bien que s'y rencontrent également des éléments inconscients. Le moi essaie de gérer le rapport entre le principe de plaisir, les pulsions et la réalité.

Névroses : troubles de la personnalité qui n'affectent pas les fonctions essentielles. Sont des névroses : les troubles anxieux, dépressifs, hystériques, somatiques et obsessionnels.

Objet a : objet que le sujet désire et qui ne cesse de lui échapper. Le besoin d'être comblé ne peut jamais être atteint. Ce désir ne pouvant être satisfait, l'*objet a* peut également se définir comme un manque à être.

Œdipe (complexe) : pour Freud le complexe d'Œdipe est un événement central de la construction psychique de l'individu. Le jeune enfant désire le parent du sexe opposé et ressent de la haine envers son rival, le parent de son sexe. Le vécu de ses désirs symbolisés dans cette relation marquera les relations à venir.

Oral (stade) : pour Freud, l'enfant découvre à ce stade les plaisirs liés à la cavité buccale et à la succion. L'oralité concerne la bouche, les lèvres, et une partie du tube digestif. Ce stade va déterminer les futurs rapports de l'enfant à l'oralité.

Phallique (stade) : découverte des plaisirs et des attributs liés au sexe aussi bien chez le garçon que chez la fille. Ce stade va conditionner les préférences sexuelles et les relations au pouvoir.

Phallus : représentation symbolique du pénis en érection.

Phénoménologique (démarche) : démarche qui porte toute l'attention aux apparences, aux phénomènes, sans s'attacher aux lois profondes ou aux causes cachées qui les expliqueraient.

Projection : mécanisme inconscient par lequel l'individu renvoie sur les autres ses propres désirs et affects.

Psyché : l'ensemble des phénomènes psychiques, considérés comme formant l'unité personnelle.

Psychose : contrairement à la névrose, c'est une affection mentale qui atteint la personne dans sa globalité et nécessite une prise en charge thérapeutique importante. Schizophrénie, paranoïa et maniaco-dépression sont des psychoses.

Réel : pour Lacan, le réel ne peut se définir que par rapport au symbolique et à l'**imaginaire***, il forme avec eux une structure. Il est l'ordre de l'impossible. Il est ce qui ne peut être symbolisé par la parole ou les images. Il ne cesse donc d'échapper à ce qui peut se dire ou s'imaginer comme la pulsion, la jouissance...

Reformulation : processus par lequel un thérapeute, en reprenant une phrase ou un mot utilisé par son patient dans une nouvelle formulation, l'aide à aller plus loin dans ses propos, à formuler avec plus de précision ou plus de clarté.

Refoulement : mécanisme par lequel une pulsion ne peut accéder à la conscience. Cet élément psychique est alors maintenu dans l'inconscient.

Résistance : mécanismes internes présents chez l'analysant qui l'empêche d'accéder à son inconscient, faisant ainsi obstacle au bon déroulement de la cure.

Sublimation : mécanisme inconscient par lequel des pulsions sexuelles ou agressives sont détournées de leur objet initial pour être investies dans des objets valorisés culturellement ou socialement (arts, activité professionnelle, etc.).

Suggestion : elle consiste pour le thérapeute à influencer par la parole (et parfois par des gestes symboliques) l'état et les comportements du patient.

Sujet : sujet du désir dans l'inconscient selon Freud. Il est donc différent de l'individu et du moi. Il est dans la dimension de l'imaginaire.

Surmoi : instance psychique qui a pour fonction de juger et de censurer le moi. Freud la définit comme l'instance judiciaire de notre psychisme. Le surmoi est au centre de la moralité, c'est la bonne conscience.

Symptôme : manifestation extérieure d'un dysfonctionnement interne. Pour la psychanalyse c'est l'expression d'un conflit inconscient.

Transfert : déplacement par l'analysant sur l'analyste des désirs et des affects inconscients ressentis pour d'autres personnes.

Troubles névrotiques : affections psychiques liées aux conflits profonds de la personnalité. Contrairement aux troubles psychotiques, où l'on perd le sens de la réalité, les troubles névrotiques donnent lieu à des fantasmes que le névrosé sait distinguer en partie du réel.

Index

Librio

676

Composition PCA – 44400 Rezé
Achevé d'imprimer en France (Ligugé) par Aubin
en janvier 2005 pour le compte de E.J.L.
84, rue de Grenelle, 75007 Paris
Dépôt légal janvier 2005

Diffusion France et étranger : Flammarion